BONJOUR TRISTESSE

ŒUVRES DE FRANÇOISE SAGAN
CHEZ POCKET

LA CHAMADE
LE GARDE DU CŒUR
LES MERVEILLEUX NUAGES
DANS UN MOIS, DANS UN AN
LES VIOLONS PARFOIS
UN ORAGE IMMOBILE
SARAH BERNHARDT
LA LAISSE
UN CERTAIN SOURIRE
AIMEZ-VOUS BRAHMS
AVEC TOUTE MA SYMPATHIE
LE CHIEN COUCHANT
LES FAUX-FUYANTS
MUSIQUES DE SCÈNES
RÉPLIQUES
UN PIANO DANS L'HERBE

FRANÇOISE SAGAN

BONJOUR TRISTESSE

JULLIARD

ISBN : 2-266-03823-0

Adieu tristesse
Bonjour tristesse
Tu es inscrite dans les lignes du plafond
Tu es inscrite dans les yeux que j'aime
Tu n'es pas tout à fait la misère
Car les lèvres les plus pauvres te dénoncent
Par un sourire
Bonjour tristesse
Amour des corps aimables
Puissance de l'amour
Dont l'amabilité surgit
Comme un monstre sans corps
Tête désappointée
Tristesse beau visage.

P. ELUARD
(La vie immédiate)

PREMIÈRE PARTIE

CHAPITRE PREMIER

Sur ce sentiment inconnu dont l'ennui, la douceur m'obsèdent, j'hésite à apposer le nom, le beau nom grave de tristesse. C'est un sentiment si complet, si égoïste que j'en ai presque honte alors que la tristesse m'a toujours paru honorable. Je ne la connaissais pas, elle, mais l'ennui, le regret, plus rarement le remords. Aujourd'hui, quelque chose se replie sur moi comme une soie, énervante et douce, et me sépare des autres.

Cet été-là, j'avais dix-sept ans et j'étais parfaitement heureuse. Les « autres » étaient mon père et Elsa, sa maîtresse. Il me faut tout de suite expliquer cette situation qui peut paraître fausse. Mon père avait quarante ans, il était veuf depuis quinze ; c'était un homme jeune, plein de vitalité, de possibilités, et, à ma sortie de pension, deux ans plus tôt, je n'avais pas pu ne pas comprendre qu'il vécût avec une femme. J'avais moins vite admis qu'il en changeât tous les six mois ! Mais bientôt sa séduction, cette vie nouvelle et facile, mes dispositions m'y amenèrent. C'était un homme léger, habile en affaires, toujours curieux et vite lassé, et qui plaisait aux femmes. Je n'eus aucun mal à l'aimer, et tendrement, car il était bon, généreux, gai, et plein d'affection pour moi. Je n'imagine pas de meilleur ami ni de plus distrayant. A ce début d'été, il poussa même la gentillesse jusqu'à me demander si la compagnie d'Elsa, sa maîtresse actuelle, ne m'ennuierait pas pendant les vacances. Je ne pus que l'encourager car je savais son besoin des femmes et que, d'autre part, Elsa ne nous fatiguerait pas. C'était une grande fille rousse, mi-créature, mi-mondaine, qui faisait de la figuration dans les studios et les bars des Champs-Elysées. Elle était gentille, assez simple et sans prétentions sérieuses. Nous étions d'ailleurs trop heureux de partir, mon père et moi, pour faire objection à quoi que ce soit. Il avait loué, sur la Méditerranée, une grande villa blanche, isolée, ravissante, dont nous rêvions depuis les premières chaleurs de juin. Elle était bâtie sur un promontoire, dominant la mer, cachée de la route par un bois de pins ; un chemin de chèvres descendait à une petite crique dorée, bordée de rochers roux où se balançait la mer.

Les premiers jours furent éblouissants. Nous passions des heures sur la plage, écrasés de chaleur, prenant peu à peu une couleur saine et dorée, à l'exception d'Elsa qui rougissait et pelait dans d'affreuses souffrances. Mon père exécutait des mouvements de jambes compliqués pour faire disparaître un début d'estomac incompatible avec ses dispositions de Don Juan. Dès l'aube, j'étais dans l'eau, une eau fraîche et transparente où je m'enfouissais, où je m'épuisais en des mouvements désordonnés pour me laver de toutes les ombres, de toutes les poussières de Paris. Je m'allongeais dans le sable, en prenais une poignée dans ma main, le laissais s'enfuir de mes doigts en un jet jaunâtre et doux, je me disais qu'il s'enfuyait comme le temps, que c'était une idée facile et qu'il était agréable d'avoir des idées faciles. C'était l'été.

Le sixième jour, je vis Cyril pour la première fois. Il longeait la côte sur un petit bateau à voile et chavira devant notre crique. Je l'aidai à récupérer ses affaires et, au milieu de nos rires, j'appris qu'il s'appelait Cyril, qu'il était étudiant en droit et passait ses vacances avec sa mère, dans une villa voisine. Il avait un visage de Latin, très brun, très ouvert, avec quelque chose d'équilibré, de protecteur, qui me plut. Pourtant, je fuyais ces étudiants de l'Université, brutaux, préoccupés d'eux-mêmes, de leur jeunesse surtout, y trouvant le sujet d'un drame ou un prétexte à leur ennui. Je n'aimais pas la jeunesse.

Je leur préférais de beaucoup les amis de mon père, des hommes de quarante ans qui me parlaient avec courtoisie et attendrissement, me témoignaient une douceur de père et d'amant. Mais Cyril me plut. Il était grand et parfois beau, d'une beauté qui donnait confiance. Sans partager avec mon père cette aversion pour la laideur qui nous faisait souvent fréquenter des gens stupides, j'éprouvais en face des gens dénués de tout charme physique une sorte de gêne, d'absence ; leur résignation à ne pas plaire me semblait une infirmité indécente. Car, que cherchions-nous, sinon plaire ? Je ne sais pas encore aujourd'hui si ce goût de conquête cache une surabondance de vitalité, un goût d'emprise ou le besoin furtif, inavoué, d'être rassuré sur soi-même, soutenu.

Quand Cyril me quitta, il m'offrit de m'apprendre la navigation à voile. Je rentrai dîner, très absorbée par sa pensée, et ne participai pas, ou peu, à la conversation ; c'est à peine si je remarquai la nervosité de mon père. Après dîner, nous nous allongeâmes dans des fauteuils, sur la terrasse, comme tous les soirs. Le ciel était éclaboussé d'étoiles. Je les regardais, espérant vaguement qu'elles seraient en avance et commenceraient à sillonner le ciel de leur chute. Mais nous n'étions qu'au début de juillet, elles ne bougeaient pas. Dans les graviers de la terrasse, les cigales chantaient. Elles devaient être des milliers, ivres de chaleur et de lune, à lancer ainsi ce drôle de cri des nuits entières. On m'avait expliqué qu'elles ne faisaient que frotter l'une contre l'autre leurs élytres, mais je préférais croire à ce chant de gorge guttural, instinctif comme celui des chats en leur saison. Nous étions bien ; des petits grains de sable entre ma peau et mon chemisier me défendaient seuls des tendres assauts du sommeil. C'est alors que mon père toussota et se redressa sur sa chaise longue.

« J'ai une arrivée à vous annoncer », dit-il.

Je fermai les yeux avec désespoir. Nous étions trop tranquilles, cela ne pouvait durer !

« Dites-nous vite qui, cria Elsa, toujours avide de mondanités.

— Anne Larsen », dit mon père, et il se tourna vers moi.

Je le regardai, trop étonnée pour réagir.

« Je lui ai dit de venir si elle était trop fatiguée par ses collections et elle... elle arrive. »

Je n'y aurais jamais pensé. Anne Larsen était une ancienne amie de ma pauvre mère et n'avait que très peu de rapports avec mon père. Néanmoins à ma sortie de pension, deux ans plus tôt, mon père, très embarrassé de moi, m'avait envoyée à elle. En une semaine, elle m'avait habillée avec goût et appris à vivre. J'en avais conçu pour elle une admiration passionnée qu'elle avait habilement détournée sur un jeune homme de son entourage. Je lui devais donc mes premières élégances et mes premières amours et lui en avais beaucoup de reconnaissance. A quarante-deux ans, c'était une femme très séduisante, très recherchée, avec un beau visage orgueilleux et las, indifférent. Cette indifférence était la seule chose qu'on pût lui reprocher. Elle était aimable et lointaine. Tout en elle reflétait une volonté constante, une tranquillité de cœur qui intimidait. Bien que divorcée et libre, on ne lui connaissait pas d'amant. D'ailleurs, nous n'avions pas les mêmes relations : elle fréquentait des gens fins, intelligents, discrets, et nous des gens bruyants, assoiffés, auxquels mon père demandait simplement d'être beaux ou drôles. Je crois qu'elle nous méprisait un peu, mon père et moi, pour notre parti pris d'amusements, de futilités, comme elle méprisait tout excès. Seuls nous réunissaient des dîners d'affaires — elle s'occupait de couture et mon père de publicité —, le souvenir de ma mère et mes efforts, car, si elle m'intimidait, je l'admirais beaucoup. Enfin cette arrivée subite apparaissait comme un contretemps si l'on pensait à la présence d'Elsa et aux idées d'Anne sur l'éducation.

Elsa monta se coucher après une foule de questions sur la situation d'Anne dans le monde. Je restai seule avec mon père et vins m'asseoir sur les marches, à ses pieds. Il se pencha et posa ses deux mains sur mes épaules :

« Pourquoi es-tu si efflanquée, ma douce ? Tu as l'air d'un petit chat sauvage. J'aimerais avoir une belle fille blonde, un peu forte, avec des yeux en porcelaine et...

— La question n'est pas là, dis-je. Pourquoi as-tu invité Anne ? Et pourquoi a-t-elle accepté ?

— Pour voir ton vieux père, peut-être. On ne sait jamais.

— Tu n'es pas le genre d'hommes qui intéresse Anne, dis-je. Elle est trop intelligente, elle se respecte trop. Et Elsa ? As-tu pensé à Elsa ? Tu t'imagines les conversations entre Anne et Elsa ? Moi pas !

— Je n'y ai pas pensé, avoua-t-il. C'est vrai que c'est épouvantable. Cécile, ma douce, si nous retournions à Paris ? »

Il riait doucement en me frottant la nuque. Je me retournai et le regardai. Ses yeux sombres brillaient, des petites rides drôles en marquaient les bords, sa bouche se retroussait un peu. Il avait l'air d'un faune. Je me mis à rire avec lui, comme chaque fois qu'il s'attirait des complications.

« Mon vieux complice, dit-il. Que ferais-je sans toi ? »

Et le ton de sa voix était si convaincu, si tendre, que je compris qu'il aurait été malheureux. Tard dans la nuit, nous parlâmes de l'amour, de ses complications. Aux yeux de mon père, elles étaient imaginaires. Il refusait systématiquement les notions de fidélité, de gravité, d'engagement. Il m'expliquait qu'elles étaient arbitraires, stériles. D'un autre que lui, cela m'eût choquée. Mais je savais que dans son cas, cela n'excluait ni la tendresse ni la dévotion, sentiments qui lui venaient d'autant plus facilement qu'il les voulait, les savait provisoires. Cette conception me séduisait : des amours rapides, violentes et passagères. Je n'étais pas à l'âge où la fidélité séduit. Je connaissais peu de chose de l'amour : des rendez-vous, des baisers et des lassitudes.

CHAPITRE II

Anne ne devait pas arriver avant une semaine. Je profitais de ces derniers jours de vraies vacances. Nous avions loué la villa pour deux mois, mais je savais que dès l'arrivée d'Anne la détente complète ne serait plus possible. Anne donnait aux choses un contour, aux mots un sens que mon père et moi laissions volontiers échapper. Elle posait les normes du bon goût, de la délicatesse et l'on ne pouvait s'empêcher de les percevoir dans ses retraits soudains, ses silences blessés, ses expressions. C'était à la fois excitant et fatigant, humiliant en fin de compte car je sentais qu'elle avait raison.

Le jour de son arrivée, il fut décidé que mon père et Elsa iraient l'attendre à la gare de Fréjus. Je me refusai énergiquement de participer à l'expédition. En désespoir de cause, mon père cueillit tous les glaïeuls du jardin afin de les lui offrir dès la descente du train. Je lui conseillai seulement de ne pas faire porter le bouquet par

Elsa. A trois heures, après leur départ, je descendis sur la plage. Il faisait une chaleur accablante. Je m'allongeai sur le sable, m'endormis à moitié et la voix de Cyril me réveilla. J'ouvris les yeux : le ciel était blanc, confondu de chaleur. Je ne répondis pas à Cyril ; je n'avais pas envie de lui parler, ni à personne. J'étais clouée au sable par toute la force de cet été, les bras pesants, la bouche sèche.

« Etes-vous morte ? dit-il. De loin, vous aviez l'air d'une épave, abandonnée. »

Je souris. Il s'assit à côté de moi et mon cœur se mit à battre durement, sourdement, parce que, dans son mouvement, sa main avait effleuré mon épaule. Dix fois, pendant la dernière semaine, mes brillantes manœuvres navales nous avaient précipités au fond de l'eau, enlacés l'un à l'autre sans que j'en ressente le moindre trouble. Mais aujourd'hui, il suffisait de cette chaleur, de ce demi-sommeil, de ce geste maladroit, pour que quelque chose en moi doucement se déchire. Je tournai la tête vers lui. Il me regardait. Je commençais à le connaître : il était équilibré, vertueux plus que de coutume peut-être à son âge. C'est ainsi que notre situation — cette curieuse famille à trois — le choquait. Il était trop bon ou trop timide pour me le dire, mais je le sentais aux regards obliques, rancuniers qu'il lançait à mon père. Il eût aimé que j'en sois tourmentée. Mais je ne l'étais pas et la seule chose qui me tourmentât en ce moment, c'était son regard et les coups de boutoir de mon cœur. Il se pencha vers moi. Je revis les derniers jours de cette semaine, ma confiance, ma tranquillité auprès de lui et je regrettai l'approche de cette bouche longue et un peu lourde.

« Cyril, dis-je, nous étions si heureux... »

Il m'embrassa doucement. Je regardai le ciel; puis je ne vis plus que des lumières rouges éclatant sous mes paupières serrées. La chaleur, l'étourdissement, le goût des premiers baisers, les soupirs passaient en longues minutes. Un coup de klaxon nous sépara comme des voleurs. Je quittai Cyril sans un mot et remontai vers la maison. Ce prompt retour m'étonnait : le train d'Anne ne devait pas être encore arrivé. Je la trouvai néanmoins sur la terrasse, comme elle descendait de sa propre voiture.

« C'est la maison de la Belle-au-Bois-dormant! dit-elle. Que vous avez bronzé, Cécile! Ça me fait plaisir de vous voir.

— Moi aussi, dis-je. Mais vous arrivez de Paris?

— J'ai préféré venir en voiture, d'ailleurs je suis vannée. »

Je la conduisis à sa chambre. J'ouvris la fenêtre dans l'espoir d'apercevoir le bateau de Cyril mais il avait disparu. Anne s'était assise sur le lit. Je remarquai les petites ombres autour de ses yeux.

« Cette villa est ravissante, soupira-t-elle. Où est le maître de maison ?

— Il est allé vous chercher à la gare avec Elsa. »

J'avais posé sa valise sur une chaise et, en me retournant vers elle, je reçus un choc. Son visage s'était brusquement défait, la bouche tremblante.

« Elsa Mackenbourg ? Il a amené Elsa Mackenbourg ici ? »

Je ne trouvai rien à répondre. Je la regardai, stupéfaite. Ce visage que j'avais toujours vu si calme, si maître de lui, ainsi livré à tous mes étonnements. Elle me fixait à travers les images que lui avaient fournies mes paroles ; elle me vit enfin et détourna la tête.

« J'aurais dû vous prévenir, dit-elle, mais j'étais si pressée de partir, si fatiguée...

— Et maintenant..., continuai-je machinalement.

— Maintenant quoi ? » dit-elle.

Son regard était interrogateur, méprisant. Il ne s'était rien passé.

« Maintenant, vous êtes arrivée, dis-je bêtement en me frottant les mains. Je suis très contente que vous soyez là, vous savez. Je vous attends en bas ; si vous voulez boire quelque chose, le bar est parfait. »

Je sortis en bafouillant et descendis l'escalier dans une grande confusion de pensées. Pourquoi ce visage, cette voix troublée, cette défaillance? Je m'assis dans une chaise longue, je fermai les yeux. Je cherchai à me rappeler tous les visages durs, rassurants, d'Anne : l'ironie, l'aisance, l'autorité. La découverte de ce visage vulnérable m'émouvait et m'irritait à la fois. Aimait-elle mon père? Etait-il possible qu'elle l'aimât? Rien en lui ne correspondait à ses goûts. Il était faible, léger, veule parfois. Mais peut-être était-ce seulement la fatigue du voyage, l'indignation morale? Je passai une heure à faire des hypothèses.

A cinq heures, mon père arriva avec Elsa. Je le regardai descendre de voiture. J'essayai de savoir si Anne pouvait l'aimer. Il marchait vers moi, la tête un peu en arrière, rapidement. Il souriait. Je pensai qu'il était très possible qu'Anne l'aimât, que n'importe qui l'aimât.

« Anne n'était pas là, me cria-t-il. J'espère qu'elle n'est pas tombée par la portière.

— Elle est dans sa chambre, dis-je; elle est venue en voiture.

— Non? C'est magnifique! Tu n'as plus qu'à lui monter le bouquet.

— Vous m'aviez acheté des fleurs? dit la voix d'Anne. C'est trop gentil. »

Elle descendait l'escalier à sa rencontre, détendue, souriante, dans une robe qui ne semblait pas avoir voyagé. Je pensai tristement qu'elle n'était descendue qu'en entendant la voiture et qu'elle aurait pu le faire un peu plus tôt, pour me parler ; ne fût-ce que de mon examen que j'avais d'ailleurs manqué ! Cette dernière idée me consola.

Mon père se précipitait, lui baisait la main.

« J'ai passé un quart d'heure sur le quai de la gare avec ce bouquet de fleurs au bout des bras, et un sourire stupide aux lèvres. Dieu merci, vous êtes là ! Connaissez-vous Elsa Mackenbourg ? »

Je détournai les yeux.

« Nous avons dû nous rencontrer, dit Anne tout aimable. . J'ai une chambre magnifique, vous êtes trop gentil de m'avoir invitée, Raymond, j'étais très fatiguée. »

Mon père s'ébrouait. A ses yeux, tout allait bien. Il faisait des phrases, débouchait des bouteilles. Mais je revoyais tour à tour le visage passionné de Cyril, celui d'Anne, ces deux visages marqués de violence, et je me demandais si les vacances seraient aussi simples que le déclarait mon père.

Ce premier dîner fut très gai. Mon père et Anne parlaient de leurs relations communes qui étaient rares mais hautes en couleur. Je m'amusai beaucoup jusqu'au moment où Anne déclara que l'associé de mon père était microcéphale. C'était un homme qui buvait beaucoup, mais qui était gentil et avec lequel nous avions fait, mon père et moi, des dîners mémorables.

Je protestai :

« Lombard est drôle, Anne. Je l'ai vu très amusant.

— Vous avouerez qu'il est quand même insuffisant, et même son humour...

— Il n'a peut-être pas une forme d'intelligence courante, mais... »

Elle me coupa d'un air indulgent :

« Ce que vous appelez les formes de l'intelligence n'en sont que les âges. »

Le côté lapidaire, définitif de sa formule m'enchanta. Certaines phrases dégagent pour moi un climat intellectuel, subtil, qui me subjugue, même si je ne les pénètre pas absolument. Celle-là me donna envie de posséder un petit carnet et un crayon. Je le dis à Anne. Mon père éclata de rire :

« Au moins, tu n'es pas rancunière. »

Je ne pouvais l'être, car Anne n'était pas malveillante. Je la sentais trop complètement indifférente, ses jugements n'avaient pas cette précision, ce côté aigu de la méchanceté. Ils n'en étaient que plus accablants.

Ce premier soir, Anne ne parut pas remarquer la distraction, volontaire ou non, d'Elsa qui entra directement dans la chambre de mon père. Elle m'avait apporté un chandail de sa collection, mais ne me laissa pas la remercier. Les remerciements l'ennuyaient et comme les miens n'étaient jamais à la hauteur de mon enthousiasme, je ne me fatiguai pas.

« Je trouve cette Elsa très gentille », dit-elle, avant que je ne sorte.

Elle me regardait dans les yeux, sans sourire, elle cherchait en moi une idée qu'il lui importait de détruire. Je devais oublier son réflexe de tout à l'heure.

« Oui, oui, c'est une charmante, heu, jeune fille... très sympathique. »

Je bafouillais. Elle se mit à rire et j'allai me coucher très énervée. Je m'endormis en pensant à Cyril qui dansait peut-être à Cannes avec des filles.

Je me rends compte que j'oublie, que je suis forcée d'oublier le principal : la présence de la mer, son rythme incessant, le soleil. Je ne puis rappeler non plus les quatre tilleuls dans la cour d'une pension de province, leur parfum ; et le sourire de mon père sur le quai de la gare, trois ans plus tôt à ma sortie de pension, ce sourire gêné parce que j'avais des nattes et une vilaine robe presque noire. Et dans la voiture, son explosion de joie, subite, triomphante, parce que j'avais ses yeux, sa bouche et que j'allais être pour lui le plus cher, le plus merveilleux des jouets. Je ne connaissais rien ; il allait me montrer Paris, le luxe, la vie facile. Je crois bien que la plupart de mes plaisirs d'alors, je les dus à l'argent : le plaisir d'aller vite en voiture, d'avoir une robe neuve, d'acheter des disques, des livres, des fleurs. Je n'ai pas honte encore de ces plaisirs faciles, je ne puis d'ailleurs les appeler faciles que parce que j'ai entendu dire qu'ils l'étaient. Je regretterais, je renierais plus facilement mes chagrins ou mes crises mystiques. Le goût du plaisir, du bonheur représente le seul côté cohérent de mon caractère. Peut-être n'ai-je pas assez lu ? En pension, on ne lit pas, sinon des œuvres édifiantes. A Paris, je n'eus pas le temps de lire : en sortant de mon cours, des amis m'entraînaient dans des cinémas ; je ne connaissais pas le nom des acteurs, cela les étonnait. Ou à des terrasses de café au soleil ; je savourais le plaisir d'être mêlée à la foule, celui de boire, d'être avec quelqu'un qui vous regarde dans les yeux, vous prend la main et vous emmène ensuite loin de la même foule. Nous marchions dans les rues jusqu'à la maison. Là il m'attirait sous une porte et m'embrassait : je découvrais le plaisir des baisers. Je ne mets pas de nom à ces souvenirs : Jean, Hubert, Jacques. Des noms communs à toutes les petites jeunes filles. Le soir, je vieillissais, nous sortions avec mon père dans des soirées où je n'avais que faire, soirées assez mélangées où je m'amusais et où j'amusais aussi par mon âge. Quand nous rentrions, mon père me déposait et le plus souvent allait reconduire une amie. Je ne l'entendais pas rentrer.

Je ne veux pas laisser croire qu'il mît une ostentation quelconque à ses aventures. Il se bornait à ne pas me les cacher, plus exactement à ne rien me dire de convenable et de faux pour justifier la fréquence des déjeuners de telle amie à la maison ou son installation complète... heureusement provisoire ! De toute façon, je n'aurais pu ignorer longtemps la nature de ses relations avec ses « invitées » et il tenait sans doute à garder ma confiance d'autant plus qu'il évitait ainsi des efforts pénibles d'imagination. C'était un excellent calcul. Son seul défaut fut de m'inspirer quelque temps un cynisme désabusé sur les choses de l'amour qui, vu mon âge et mon expérience, devait paraître plus réjouissant qu'impressionnant. Je me répétais volontiers des formules lapidaires, celle d'Oscar Wilde, entre autres : « Le péché est la seule note de couleur vive qui subsiste dans le monde moderne. » Je la faisais mienne avec une absolue conviction, bien plus sûrement, je pense, que si je l'avais mise en pratique. Je croyais que ma vie pourrait se calquer sur cette phrase, s'en inspirer, en jaillir comme une perverse image d'Epinal : j'oubliais les temps morts, la discontinuité et les bons sentiments quotidiens. Idéalement, j'envisageais une vie de bassesses et de turpitudes.

CHAPITRE III

Le lendemain matin, je fus réveillée par un rayon de soleil oblique et chaud, qui inonda mon lit et mit fin aux rêves étranges et un peu confus où je me débattais. Dans un demi-sommeil, j'essayai d'écarter de mon visage, avec la main, cette chaleur insistante, puis y renonçai. Il était dix heures. Je descendis en pyjama sur la terrasse et y retrouvai Anne, qui feuilletait des journaux. Je remarquai qu'elle était légèrement, parfaitement maquillée. Elle ne devait jamais s'accorder de vraies vacances. Comme elle ne me prêtait pas attention, je m'installai tranquillement sur une marche avec une tasse de café et une orange et entamai les délices du matin : je mordais l'orange, un jus sucré giclait dans ma bouche ; une gorgée de café noir brûlant, aussitôt, et à nouveau la fraîcheur du fruit. Le soleil du matin me chauffait les cheveux, déplissait sur ma peau les marques du drap. Dans cinq minutes, j'irais me baigner. La voix d'Anne me fit sursauter :

« Cécile, vous ne mangez pas ?

— Je préfère boire le matin parce que...

— Vous devez prendre trois kilos pour être présentable. Vous avez la joue creuse et on voit vos côtes. Allez donc chercher des tartines. »

Je la suppliai de ne pas m'imposer de tartines et elle allait me démontrer que c'était indispensable lorsque mon père apparut dans sa somptueuse robe de chambre à pois.

« Quel charmant spectacle, dit-il ; deux petites filles brunes au soleil en train de parler tartines.

— Il n'y a qu'une petite fille, hélas ! dit Anne en riant. J'ai votre âge, mon pauvre Raymond. »

Mon père se pencha et lui prit la main.

« Toujours aussi rosse », dit-il tendrement, et je vis les paupières d'Anne battre comme sous une caresse imprévue.

J'en profitai pour m'esquiver. Dans l'escalier, je croisai Elsa. Visiblement, elle sortait du lit, les paupières gonflées, les lèvres pâles dans son visage cramoisi par les coups de soleil. Je faillis l'arrêter, lui dire qu'Anne était en bas avec un visage soigné et net, qu'elle allait bronzer, sans dommages, avec mesure. Je faillis la mettre en garde. Mais sans doute l'aurait-elle mal pris : elle avait vingt-neuf ans, soit treize ans de moins qu'Anne et cela lui paraissait un atout maître.

Je pris mon maillot de bain et courus à la crique. A ma surprise, Cyril y était déjà, assis sur son bateau. Il vint à ma rencontre, l'air grave, et il me prit les mains.

« Je voudrais vous demander pardon pour hier, dit-il.

— C'était ma faute », dis-je.

Je ne me sentais absolument pas gênée et son air solennel m'étonnait.

« Je m'en veux beaucoup, reprit-il en poussant le bateau à la mer.

— Il n'y a pas de quoi, dis-je allégrement.

— Si ! »

J'étais déjà dans le canot. Il était debout avec de l'eau jusqu'à mi-jambes, appuyé des deux mains au plat-bord comme à la barre d'un tribunal. Je compris qu'il ne monterait pas avant d'avoir parlé et le regardai avec toute l'attention nécessaire. Je connaissais bien son visage, je m'y retrouvais. Je pensai qu'il avait vingt-cinq ans, se prenait peut-être pour un suborneur, et cela me fit rire.

« Ne riez pas, dit-il. Je m'en suis voulu hier soir, vous savez. Rien ne vous défend contre moi ; votre père, cette femme, l'exemple... Je serais le dernier des salauds, ce serait la même chose ; vous pourriez me croire aussi bien... »

Il n'était même pas ridicule. Je sentais qu'il était bon et prêt à m'aimer ; que j'aimerais l'aimer. Je mis mes bras autour de son cou, ma joue contre la sienne. Il avait les épaules larges, un corps dur contre le mien.

« Vous êtes gentil, Cyril, murmurai-je. Vous allez être un frère pour moi. »

Il replia ses bras autour de moi avec une petite exclamation de colère et m'arracha doucement du bateau. Il me tenait serrée contre lui, soulevée, la tête sur son épaule. En ce moment-là, je l'aimais. Dans la lumière du matin, il était aussi doré, aussi gentil, aussi doux que moi, il me protégeait. Quand sa bouche chercha la mienne, je me mis à trembler de plaisir comme lui et notre baiser fut sans remords et sans honte, seulement une profonde recherche, entrecoupée de murmures. Je m'échappai et nageai vers le bateau qui partait à la dérive. Je plongeai mon visage dans l'eau pour le refaire, le rafraîchir... L'eau était verte. Je me sentais envahie d'un bonheur, d'une insouciance parfaits.

A onze heures et demie, Cyril partit et mon père et ses femmes apparurent dans le chemin de chèvres. Il marchait entre les deux, les soutenant, leur tendant successivement la main avec une bonne grâce, un naturel qui n'étaient qu'à lui. Anne avait gardé son peignoir : elle l'ôta devant nos regards observateurs avec tranquillité et s'y allongea. La taille mince, les jambes parfaites, elle n'avait contre elle que de très légères flétrissures. Cela représentait sans doute des années de soins, d'attention ; j'adressai machinalement à mon père un regard approbateur, le sourcil levé. A ma grande surprise, il ne me le renvoya pas, ferma les yeux. La pauvre Elsa était dans un état lamentable, elle se couvrait d'huile. Je ne donnais pas une semaine à mon père pour... Anne tourna la tête vers moi :

« Cécile, pourquoi vous levez-vous si tôt ici? A Paris, vous étiez au lit jusqu'à midi.

— J'avais du travail, dis-je. Ça me coupait les jambes. »

Elle ne sourit pas : elle ne souriait que quand elle en avait envie, jamais par décence, comme tout le monde.

« Et votre examen?

— Loupé! dis-je avec entrain. Bien loupé!

— Il faut que vous l'ayez en octobre, absolument.

— Pourquoi? intervint mon père. Je n'ai jamais eu de diplôme, moi. Et je mène une vie fastueuse.

— Vous aviez une certaine fortune au départ, rappela Anne.

— Ma fille trouvera toujours des hommes pour la faire vivre », dit mon père noblement.

Elsa se mit à rire et s'arrêta devant nos trois regards.

« Il faut qu'elle travaille, ces vacances », dit Anne en refermant les yeux pour clore l'entretien.

J'envoyai un regard désespéré à mon père. Il

me répondit par un petit sourire gêné. Je me vis devant des pages de Bergson avec ces lignes noires qui me sautaient aux yeux et le rire de Cyril en bas... Cette idée m'épouvanta. Je me traînai jusqu'à Anne, l'appelai à voix basse. Elle ouvrit les yeux. Je penchai sur elle un visage inquiet, suppliant, en ravalant encore mes joues pour me donner l'air d'une intellectuelle surmenée.

« Anne, dis-je, vous n'allez pas me faire ça, me faire travailler par ces chaleurs... ces vacances qui pourraient me faire tant de bien... »

Elle me regarda avec fixité un instant, puis sourit mystérieusement en détournant la tête.

« Je devrais vous faire "ça"... même par ces chaleurs, comme vous dites. Vous ne m'en voudriez que pendant deux jours, comme je vous connais, et vous auriez votre examen.

— Il y a des choses auxquelles on ne se fait pas », dis-je sans rire.

Elle me lança un coup d'œil amusé et insolent et je me recouchai dans le sable, pleine d'inquiétudes. Elsa pérorait sur les festivités de la côte. Mais mon père ne l'écoutait pas : placé au sommet du triangle que faisaient leurs corps, il lançait au profil renversé d'Anne, à ses épaules, des regards un peu fixes, impavides, que je reconnaissais. Sa main s'ouvrait et se refermait sur le sable en un geste doux, régulier, inlassable. Je courus vers la mer, m'y enfonçai en gémissant sur les vacances que nous aurions pu avoir, que nous n'aurions pas. Nous avions tous les éléments d'un drame : un séducteur, une demi-mondaine et une femme de tête. J'aperçus au fond de la mer un ravissant coquillage, une pierre rose et bleu ; je plongeai pour la prendre, la gardai toute douce et usée dans la main jusqu'au déjeuner. Je décidai que c'était un porte-bonheur, que je ne la quitterais pas de l'été. Je ne sais pas pourquoi je ne l'ai pas perdue, comme je perds tout. Elle est dans ma main aujourd'hui, rose et tiède, elle me donne envie de pleurer.

CHAPITRE IV

Ce qui m'étonna le plus, les jours suivants, ce fut l'extrême gentillesse d'Anne à l'égard d'Elsa. Elle ne prononçait jamais, après les nombreuses bêtises qui illuminaient sa conversation, une de ces phrases brèves dont elle avait le secret et qui aurait couvert la pauvre Elsa de ridicule. Je la louais en moi-même de sa patience, de sa générosité, je ne me rendais pas compte que l'habileté y était étroitement mêlée. Mon père se serait vite lassé de ce petit jeu féroce. Il lui était au contraire reconnaissant et il ne savait que faire pour lui exprimer sa gratitude. Cette reconnaissance n'était d'ailleurs qu'un prétexte. Sans doute lui parlait-il comme à une femme très respectée, comme à une seconde mère de sa fille : il usait même de cette carte en ayant l'air sans cesse de me mettre sous la garde d'Anne, de la rendre un peu responsable de ce que j'étais, comme pour se la rendre plus proche, pour la lier à nous plus étroitement. Mais il avait pour elle des regards, des gestes qui s'adressaient à la femme qu'on ne connaît pas et que l'on désire connaître — dans le plaisir. Ces égards que je surprenais parfois chez Cyril, et qui me donnaient à la fois envie de le fuir et de le provoquer. Je devais être sur ce point plus influençable qu'Anne ; elle témoignait à l'égard de mon père d'une indifférence, d'une gentillesse tranquille qui me rassuraient. J'en arrivais à croire que je m'étais trompée le premier jour, je ne voyais pas que cette gentillesse sans équivoque surexcitait mon père. Et surtout ses silences… ses silences si naturels, si élégants. Ils formaient avec le pépiement incessant d'Elsa une sorte d'antithèse comme le soleil et l'ombre. Pauvre Elsa elle ne se doutait vraiment de rien, elle restait exubérante et agitée, toujours aussi défraîchie par le soleil.

Un jour, cependant, elle dut comprendre, intercepter un regard de mon père ; je la vis avant le déjeuner murmurer quelque chose dans son oreille : un instant, il eut l'air contrarié, étonné, puis acquiesça en souriant. Au café, Elsa se leva et, arrivée à la porte, se retourna vers nous d'un air langoureux, très inspiré, à ce qu'il me sembla, du cinéma américain, et mettant dans son intonation dix ans de galanterie française :

« Vous venez, Raymond ? »

Mon père se leva, rougit presque et la suivit en

parlant des bienfaits de la sieste. Anne n'avait pas bougé. Sa cigarette fumait au bout de ses doigts. Je me sentis dans l'obligation de dire quelque chose :

« Les gens disent que la sieste est très reposante, mais je crois que c'est une idée fausse... »

Je m'arrêtai aussitôt, consciente de l'équivoque de ma phrase.

« Je vous en prie », dit Anne sèchement.

Elle n'y avait même pas mis d'équivoque. Elle avait tout de suite vu la plaisanterie de mauvais goût. Je la regardai. Elle avait un visage volontairement calme et détendu qui m'émut. Peut-être, en ce moment, enviait-elle passionnément Elsa. Pour la consoler, une idée cynique me vint, qui m'enchanta comme toutes les idées cyniques que je pouvais avoir : cela me donnait une sorte d'assurance, de complicité avec moi-même, enivrante. Je ne pus m'empêcher de l'exprimer à haute voix :

« Remarquez qu'avec les coups de soleil d'Elsa, ce genre de sieste ne doit pas être très grisant, ni pour l'un ni pour l'autre. »

J'aurais mieux fait de me taire.

« Je déteste ce genre de réflexion, dit Anne. A votre âge, c'est plus que stupide, c'est pénible. »

Je m'énervai brusquement :

« Je disais ça pour rire, excusez-moi. Je suis sûre qu'au fond, ils sont très contents. »

Elle tourna vers moi un visage excédé. Je lui demandai pardon aussitôt. Elle referma les yeux et commença à parler d'une voix basse, patiente :

« Vous vous faites de l'amour une idée un peu simpliste. Ce n'est pas une suite de sensations indépendantes les unes des autres... »

Je pensai que toutes mes amours avaient été ainsi. Une émotion subite devant un visage, un geste, sous un baiser... Des instants épanouis, sans cohérence, c'était tout le souvenir que j'en avais.

« C'est autre chose, disait Anne. Il y a la tendresse constante, la douceur, le manque... Des choses que vous ne pouvez pas comprendre. »

Elle eut un geste évasif de la main et prit un journal. J'aurais aimé qu'elle se mît en colère, qu'elle sortît de cette indifférence résignée devant ma carence sentimentale. Je pensai qu'elle avait raison, que je vivais comme un animal, au gré des autres, que j'étais pauvre et faible. Je me méprisais et cela m'était affreusement pénible parce que je n'y étais pas habituée, ne me jugeant pour ainsi dire pas, ni en bien ni en mal. Je montai dans ma chambre, je rêvassai. Mes draps étaient tièdes sous moi, j'entendais encore les paroles d'Anne : « Cet autre chose, c'est un manque. » Quelqu'un m'avait-il jamais manqué ?

Je ne me rappelle plus les incidents de ces quinze jours. Je l'ai déjà dit, je ne voulais rien voir de précis, de menaçant. De la suite de ces vacances, bien sûr, je me rappelle très exactement puisque j'y apportai toute mon attention, toutes mes possibilités. Mais ces trois semaines-là, ces trois semaines heureuses en somme... Quel est le jour où mon père regarda ostensiblement la bouche d'Anne, celui où il lui reprocha à haute voix son indifférence en faisant semblant d'en rire ? Celui où il compara sans en sourire sa subtilité avec la semi-bêtise d'Elsa ? Ma tranquillité reposait sur cette idée stupide qu'ils se connaissaient depuis quinze ans et que s'ils avaient dû s'aimer, ils auraient commencé plus tôt. « Et, me disais-je, si cela doit arriver, mon père sera amoureux trois mois et Anne en gardera quelques souvenirs passionnés et un peu d'humiliation. » Ne savais-je pas cependant qu'Anne n'était pas une femme que l'on pût abandonner ainsi ? Mais Cyril était là et suffisait à mes pensées. Nous sortions ensemble souvent le soir dans les boîtes de Saint-Tropez, nous dansions sur les défaillances d'une clarinette en nous disant des mots d'amour que j'avais oubliés le lendemain, mais si doux le soir même. Le jour, nous faisions de la voile autour de la côte. Mon père nous accompagnait parfois. Il appréciait beaucoup Cyril, surtout depuis que ce dernier lui avait laissé gagner un match de crawl. Il l'appelait « mon petit Cyril », Cyril l'appelait « monsieur », mais je me demandais lequel des deux était l'adulte.

Un après-midi, nous allâmes prendre le thé chez la mère de Cyril. C'était une vieille dame tranquille et souriante qui nous parla de ses difficultés de veuve et de ses difficultés de mère. Mon père compatit, adressa à Anne des regards de reconnaissance, fit de nombreux compliments à la dame. Je dois avouer qu'il ne craignait jamais de perdre son temps. Anne regardait le spectacle avec un sourire aimable. Au retour, elle déclara la dame charmante. J'éclatai en imprécations contre les vieilles dames de cette sorte. Ils tournèrent vers moi un sourire indulgent et amusé qui me mit hors de moi :

« Vous ne vous rendez pas compte qu'elle est contente d'elle, criai-je. Qu'elle se félicite de sa vie parce qu'elle a le sentiment d'avoir fait son devoir et...

— Mais c'est vrai, dit Anne. Elle a rempli ses devoirs de mère et d'épouse, suivant l'expression...

— Et son devoir de putain ? dis-je.

— Je n'aime pas les grossièretés, dit Anne, même paradoxales.

— Mais ce n'est pas paradoxal. Elle s'est mariée comme tout le monde se marie, par désir ou parce que cela se fait. Elle a eu un enfant, vous savez comment ça arrive les enfants?

— Sans doute moins bien que vous, ironisa Anne, mais j'ai quelques notions.

— Elle a donc élevé cet enfant. Elle s'est probablement épargné les angoisses, les troubles de l'adultère. Elle a eu la vie qu'ont des milliers de femmes et elle en est fière, vous comprenez. Elle était dans la situation d'une jeune bourgeoise épouse et mère et elle n'a rien fait pour en sortir. Elle se glorifie de n'avoir fait ni ceci ni cela et non pas d'avoir accompli quelque chose.

— Cela n'a pas grand sens, dit mon père.

— C'est un miroir aux alouettes, criai-je. On se dit après : "J'ai fait mon devoir" parce que l'on n'a rien fait. Si elle était devenue une fille des rues en étant née dans son milieu, là, elle aurait eu du mérite.

— Vous avez des idées à la mode, mais sans valeur », dit Anne.

C'était peut-être vrai. Je pensais ce que je disais, mais il était vrai que je l'avais entendu dire. Néanmoins, ma vie, celle de mon père allaient à l'appui de cette théorie et Anne me blessait en la méprisant. On peut être aussi attaché à des futilités qu'à autre chose. Mais Anne ne me considérait pas comme un être pensant. Il me semblait urgent, primordial soudain de la détromper. Je ne pensais pas que l'occasion m'en serait donnée si tôt ni que je saurais la saisir. D'ailleurs, j'admettais volontiers que dans un mois j'aurais sur telle chose une opinion différente, que mes convictions ne dureraient pas. Comment aurais-je pu être une grande âme ?

CHAPITRE V

Et puis un jour, ce fut la fin. Un matin, mon père décida que nous irions passer la soirée à Cannes, jouer et danser. Je me rappelle la joie d'Elsa. Dans le climat familier des casinos, elle pensait retrouver sa personnalité de femme fatale un peu atténuée par les coups de soleil et la demi-solitude où nous vivions. Contrairement à mes prévisions, Anne ne s'opposa pas à ces mondanités ; elle en sembla même assez contente. Ce fut donc sans inquiétude que, sitôt le dîner fini, je montai dans ma chambre mettre une robe du soir, la seule d'ailleurs que je possédasse. C'était mon père qui l'avait choisie ; elle était dans un tissu exotique, un peu trop exotique pour moi sans doute car mon père, soit par goût, soit par habitude, m'habillait volontiers en femme fatale. Je le retrouvai en bas, étincelant dans un smoking neuf, et lui mis le bras autour du cou.

« Tu es le plus bel homme que je connaisse.

— A part Cyril, dit-il sans le croire. Et toi, tu es la plus jolie fille que je connaisse.

— Après Elsa et Anne, dis-je sans y croire moi-même.

— Puisqu'elles ne sont pas là et qu'elles se permettent de nous faire attendre, viens danser avec ton vieux père et ses rhumatismes. »

Je retrouvai l'euphorie qui précédait nos sorties. Il n'avait vraiment rien d'un vieux père. En dansant, je respirai son parfum familier d'eau de Cologne, de chaleur, de tabac. Il dansait en mesure, les yeux mi-clos, un petit sourire heureux, irrépressible comme le mien, au coin des lèvres.

« Il faudrait que tu m'apprennes le be-bop », dit-il, oubliant ses rhumatismes.

Il s'arrêta de danser pour accueillir d'un murmure machinal et flatteur l'arrivée d'Elsa. Elle descendait l'escalier lentement dans sa robe verte, un sourire désabusé de mondaine à la bouche, son sourire de casino. Elle avait tiré le maximum de ses cheveux desséchés et de sa peau brûlée par le soleil, mais c'était plus méritoire que brillant. Elle ne semblait pas heureusement s'en rendre compte.

« Nous partons ?

— Anne n'est pas là, dis-je.

— Monte voir si elle est prête, dit mon père. Le temps d'aller à Cannes, il sera minuit. »

Je montai les marches en m'embarrassant dans ma robe et frappai à la porte d'Anne. Elle me cria d'entrer. Je m'arrêtai sur le seuil. Elle portait une robe grise, d'un gris extraordinaire, presque blanc, où la lumière s'accrochait, comme, à l'aube, certaines teintes de la mer. Tous les charmes de la maturité semblaient réunis en elle, ce soir-là.

« Magnifique! dis-je. Ô! Anne, quelle robe ! »

Elle sourit dans la glace comme on sourit à quelqu'un qu'on va quitter.

« Ce gris est une réussite, dit-elle.

— "Vous" êtes une réussite », dis-je.

Elle me prit par l'oreille, me regarda. Elle avait des yeux bleu sombre. Je les vis s'éclairer, sourire.

« Vous êtes une gentille petite fille, bien que vous soyez parfois fatigante. »

Elle me passa devant sans détailler ma propre robe, ce dont je me félicitai et me mortifiai à la fois. Elle descendit l'escalier la première et je vis mon père venir à sa rencontre. Il s'arrêta en bas de l'escalier, le pied sur la première marche, le visage levé vers elle. Elsa la regardait descendre aussi. Je me rappelle exactement cette scène : au premier plan, devant moi, la nuque dorée, les épaules parfaites d'Anne ; un peu plus bas, le visage ébloui de mon père, sa main tendue et, déjà dans le lointain, la silhouette d'Elsa.

« Anne, dit mon père, vous êtes extraordinaire. »

Elle lui sourit en passant et prit son manteau.

« Nous nous retrouvons là-bas, dit-elle. Cécile, vous venez avec moi ? »

Elle me laissa conduire. La route était si belle la nuit que j'allai doucement. Anne ne disait rien. Elle ne semblait même pas remarquer les trompettes déchaînées de la radio. Quand le cabriolet de mon père nous doubla, dans un virage, elle ne sourcilla pas. Je me sentais déjà hors de la course devant un spectacle où je ne pouvais plus intervenir.

Au casino, grâce aux manœuvres de mon père, nous nous perdîmes vite. Je me retrouvai au bar, avec Elsa et une de ses relations, un Sud-Américain à demi ivre. Il s'occupait de théâtre et, malgré son état, restait intéressant par la passion qu'il y apportait. Je passai près d'une heure agréable avec lui mais Elsa s'ennuyait. Elle connaissait un ou deux monstres sacrés mais la technique ne l'intéressait pas. Elle me demanda brusquement où était mon père, comme si je pouvais en savoir quelque chose, et s'éloigna. Le Sud-Américain en parut un instant attristé mais un nouveau whisky le relança. Je ne pensais à rien, j'étais en pleine euphorie, ayant participé par politesse à ses libations. Les choses devinrent encore plus drôles quand il voulut danser J'étais obligée de le tenir à bras-le-corps et de retirer mes pieds de dessous les siens, ce qui demandait beaucoup d'énergie. Nous riions tellement que, quand Elsa me frappa sur l'épaule et que je vis son air de Cassandre, je fus sur le point de l'envoyer au diable.

« Je ne le trouve pas », dit-elle.

Elle avait un visage consterné ; la poudre en était partie, la laissant tout éclairée, ses traits étaient tirés. Elle était pitoyable. Je me sentis soudain très en colère contre mon père. Il était d'une impolitesse inconcevable.

« Ah ! je sais où ils sont, dis-je en souriant comme s'il s'était agi d'une chose très naturelle et à laquelle elle eût pu penser sans inquiétude. Je reviens. »

Privé de mon appui, le Sud-Américain tomba dans les bras d'Elsa et sembla s'en trouver bien. Je pensai avec tristesse qu'elle était plus plantureuse que moi et que je ne saurais lui en vouloir. Le casino était grand : j'en fis deux fois le tour sans résultat. Je passai la revue des terrasses et pensai enfin à la voiture.

Il me fallut un moment pour la retrouver dans le parc. Ils y étaient. J'arrivai par-derrière et les aperçus par la glace du fond. Je vis leurs profils très proches et très graves, étrangement beaux sous le réverbère. Ils se regardaient, ils devaient parler à voix basse, je voyais leurs lèvres bouger.

J'avais envie de m'en aller, mais la pensée d'Elsa me fit ouvrir la portière.

La main de mon père était sur le bras d'Anne, ils me regardèrent à peine.

« Vous vous amusez bien ? demandai-je poliment.

— Qu'y a-t-il ? dit mon père d'un air irrité. Que fais-tu ici ?

— Et vous ? Elsa vous cherche partout depuis une heure. »

Anne tourna la tête vers moi, lentement, comme à regret :

« Nous rentrons. Dites-lui que j'ai été fatiguée et que votre père m'a ramenée. Quand vous vous serez assez amusées, vous rentrerez avec ma voiture. »

L'indignation me faisait trembler, je ne trouvais plus mes mots.

« Quand on se sera assez amusées ! Mais vous ne vous rendez pas compte ! C'est dégoûtant !

— Qu'est-ce qui est dégoûtant ? dit mon père avec étonnement.

— Tu amènes une fille rousse à la mer sous un soleil qu'elle ne supporte pas et quand elle est toute pelée, tu l'abandonnes. C'est trop facile ! Qu'est-ce que je vais lui dire à Elsa, moi ? »

Anne s'était retournée vers lui, l'air lassé. Il lui souriait, ne m'écoutait pas. Je touchais aux bornes de l'exaspération :

« Je vais... je vais lui dire que mon père a trouvé une autre dame avec qui coucher et qu'elle repasse, c'est ça ? »

L'exclamation de mon père et la gifle d'Anne furent simultanées. Je sortis précipitamment ma tête de la portière. Elle m'avait fait mal.

« Excuse-toi », dit mon père.

Je restai immobile près de la portière, dans un grand tourbillon de pensées. Les nobles attitudes me viennent toujours trop tard à l'esprit.

« Venez ici », dit Anne.

Elle ne semblait pas menaçante et je m'approchai. Elle mit sa main sur ma joue et me parla doucement, lentement, comme si j'étais un peu bête.

« Ne soyez pas méchante, je suis désolée pour Elsa. Mais vous êtes assez délicate pour arranger cela au mieux. Demain nous nous expliquerons. Je vous ai fait très mal ?

— Pensez-vous », dis-je poliment. Cette subite douceur, mon excès de violence précédent me donnaient envie de pleurer. Je les regardai partir, je me sentais complètement vidée. Ma seule consolation était l'idée de ma propre délicatesse. Je revins à pas lents au casino où je retrouvai Elsa, le Sud-Américain cramponné à son bras.

« Anne a été malade, dis-je d'un air léger. Papa a dû la ramener. On va boire quelque chose ? »

Elle me regardait sans répondre. Je cherchai un argument convaincant.

« Elle a eu des nausées, dis-je, c'est affreux, sa robe était toute tachée. »

Ce détail me semblait criant de vérité, mais Elsa se mit à pleurer, doucement, tristement. Désemparée, je la regardai.

« Cécile, dit-elle, ô Cécile, nous étions si heureux... »

Ses sanglots redoublaient. Le Sud-Américain se mit à pleurer aussi, en répétant : « Nous étions si heureux, si heureux. » En ce moment, je détestai Anne et mon père. J'aurais fait n'importe quoi pour empêcher la pauvre Elsa de pleurer, son rimmel de fondre, cet Américain de sangloter.

« Tout n'est pas dit, Elsa. Revenez avec moi.

— Je reviendrai bientôt prendre mes valises, sanglota-t-elle. Adieu, Cécile, nous nous entendions bien. »

Je n'avais jamais parlé avec elle que du temps ou de la mode, mais il me semblait pourtant que je perdais une vieille amie. Je fis demi-tour brusquement et courus jusqu'à la voiture.

CHAPITRE VI

Le lendemain matin fut pénible, sans doute à cause des whiskies de la veille. Je me réveillai au travers de mon lit, dans l'obscurité, la bouche lourde, les membres perdus dans une moiteur insupportable. Un rai de soleil filtrait à travers les fentes du volet, des poussières y montaient en rangs serrés. Je n'éprouvais ni le désir de me lever, ni celui de rester dans mon lit. Je me demandais si Elsa reviendrait, quels visages auraient Anne et mon père ce matin. Je me forçais à penser à eux afin de me lever sans réaliser mon effort. J'y parvins enfin, me retrouvai sur le carrelage frais de la chambre, dolente, étourdie. La glace me tendait un triste reflet, je m'y appuyai : des yeux dilatés, une bouche gonflée, ce visage étranger, le mien... Pouvais-je être faible et lâche à cause de cette lèvre, de ces proportions, de ces odieuses, arbitraires limites ? Et si j'étais limitée, pourquoi le savais-je d'une manière si éclatante, si contraire à moi-même ? Je m'amusai à me détester, à haïr ce visage de loup, creusé et fripé par la débauche. Je me mis à répéter ce mot de débauche, sourdement, en me regardant les yeux, et, tout à coup, je me vis sourire. Quelle débauche, en effet : quelques malheureux verres, une gifle et des sanglots. Je me lavai les dents et descendis.

Mon père et Anne se trouvaient déjà sur la terrasse, assis l'un près de l'autre devant le plateau du petit déjeuner. Je lançai un vague bonjour, m'assis en face d'eux. Par pudeur, je n'osai pas les regarder, puis leur silence me força à lever les yeux. Anne avait les traits tirés, seuls signes d'une nuit d'amour. Ils souriaient tous les deux, l'air heureux. Cela m'impressionna : le bonheur m'a toujours semblé une ratification, une réussite.

« Bien dormi ? dit mon père.

— Comme ça, répondis-je. J'ai trop bu de whisky hier soir. »

Je me versai une tasse de café, la goûtai, mais la reposai vite. Il y avait une sorte de qualité, d'attente dans leur silence qui me rendait mal à l'aise. J'étais trop fatiguée pour le supporter longtemps.

« Que se passe-t-il ? Vous avez un air mystérieux. »

Mon père alluma une cigarette d'un geste qui se voulait tranquille. Anne me regardait, manifestement embarrassée pour une fois.

« Je voudrais vous demander quelque chose », dit-elle enfin.

J'envisageai le pire :

« Une nouvelle mission auprès d'Elsa ? »

Elle détourna son visage, le tendit vers mon père :

« Votre père et moi aimerions nous marier », dit-elle.

Je la regardai fixement, puis mon père. Une minute, j'attendis de lui un signe, un clin d'œil, qui m'eût à la fois indignée et rassurée. Il regardait ses mains. Je me disais : « Ce n'est pas possible », mais je savais déjà que c'était vrai.

« C'est une très bonne idée », dis-je pour gagner du temps.

Je ne parvenais pas à comprendre : mon père, si obstinément opposé au mariage, aux chaînes, en une nuit décidé... Cela changeait toute notre vie. Nous perdions l'indépendance. J'entrevis alors notre vie à trois, une vie subitement équilibrée par l'intelligence, le raffinement d'Anne, cette vie que je lui enviais. Des amis intelligents, délicats, des soirées heureuses, tranquilles... Je méprisai soudain les dîners tumultueux, les Sud-Américains, les Elsa. Un sentiment de supériorité, d'orgueil, m'envahissait.

« C'est une très, très bonne idée, répétai-je, et je leur souris.

— Mon petit chat, je savais que tu serais contente », dit mon père.

Il était détendu, enchanté. Redessiné par les fatigues de l'amour, le visage d'Anne semblait plus accessible, plus tendre que je ne l'avais jamais vu.

« Viens ici, mon chat », dit mon père.

Il me tendait les deux mains, m'attirait contre lui, contre elle. J'étais à demi agenouillée devant eux, ils me regardaient avec une douce émotion, me caressaient la tête. Quant à moi, je ne cessais de penser que ma vie tournait peut-être en ce moment mais que je n'étais effectivement pour eux qu'un chat, un petit animal affectueux. Je les sentais au-dessus de moi, unis par un passé, un futur, des liens que je ne connaissais pas, qui ne pouvaient me retenir moi-même. Volontairement, je fermai les yeux, appuyai ma tête sur leurs genoux, ris avec eux, repris mon rôle. D'ailleurs, n'étais-je pas heureuse ? Anne était très bien, je ne lui connaissais nulle mesquinerie. Elle me guiderait, me déchargerait de ma vie, m'indiquerait en toutes circonstances la route à suivre. Je deviendrais accomplie, mon père le deviendrait avec moi.

Mon père se leva pour aller chercher une bouteille de champagne. J'étais écœurée. Il était heureux, c'était bien le principal, mais je l'avais vu si souvent heureux à cause d'une femme...

« J'avais un peu peur de vous, dit Anne.

— Pourquoi ? » demandai-je.

A l'entendre, j'avais l'impression que mon veto aurait pu empêcher le mariage de deux adultes.

« Je craignais que vous n'ayez peur de moi », dit-elle, et elle se mit à rire.

Je me mis à rire aussi car effectivement j'avais un peu peur d'elle. Elle me signifiait à la fois qu'elle le savait et que c'était inutile.

« Ça ne vous paraît pas ridicule, ce mariage de vieux ?

— Vous n'êtes pas vieux », dis-je avec toute la conviction nécessaire car, une bouteille dans les bras, mon père revenait en valsant.

Il s'asseyait auprès d'Anne, posait son bras autour de ses épaules. Elle eut un mouvement du corps vers lui qui me fit baisser les yeux. C'était sans doute pour cela qu'elle l'épousait : pour son rire, pour ce bras dur et rassurant, pour sa vitalité, sa chaleur. Quarante ans, la peur de la solitude, peut-être les derniers assauts des sens… Je n'avais jamais pensé à Anne comme à une femme. Mais comme à une entité : j'avais vu en elle l'assurance, l'élégance, l'intelligence, mais jamais la sensualité, la faiblesse… Je comprenais que mon père fût fier : l'orgueilleuse, l'indifférente Anne Larsen l'épousait. L'aimait-il, pourrait-il l'aimer longtemps ? Pouvais-je distinguer cette tendresse de celle qu'il avait pour Elsa ? Je fermai les yeux, le soleil m'engourdissait. Nous étions tous les trois sur la terrasse, pleins de réticences, de craintes secrètes et de bonheur.

Elsa ne revint pas ces jours-là. Une semaine passa très vite. Sept jours heureux, agréables, les seuls. Nous dressions des plans compliqués d'ameublement, des horaires. Mon père et moi nous plaisions à les faire serrés, difficiles, avec l'inconscience de ceux qui ne les ont jamais connus. D'ailleurs, y avons-nous jamais cru ? Rentrer déjeuner à midi et demi tous les jours au même endroit, dîner chez soi, y rester ensuite, mon père le croyait-il vraiment possible ? Il enterrait cependant allégrement la bohème, prônait l'ordre, la vie bourgeoise, élégante, organisée. Sans doute tout cela n'était-il pour lui comme pour moi, que des constructions de l'esprit.

J'ai gardé de cette semaine un souvenir que je me plais à creuser aujourd'hui pour m'éprouver moi-même. Anne était détendue, confiante, d'une grande douceur, mon père l'aimait. Je les voyais descendre le matin appuyés l'un à l'autre, riant ensemble, les yeux cernés et j'aurais aimé, je le jure, que cela durât toute la vie. Le soir, nous descendions souvent sur la côte, prendre l'apéritif à une terrasse. Partout on nous prenait pour une famille unie, normale, et moi, habituée à sortir seule avec mon père et à récolter des sourires, des regards de malice ou de pitié, je me réjouissais de revenir à un rôle de mon âge. Le mariage devait avoir lieu à Paris, à la rentrée.

Le pauvre Cyril n'avait pas vu sans un certain ahurissement nos transformations intérieures. Mais cette fin légale le réjouissait. Nous faisions du bateau ensemble, nous nous embrassions au gré de nos envies et parfois, tandis qu'il pressait sa bouche sur la mienne, je revoyais le visage d'Anne, son visage doucement meurtri du matin, l'espèce de lenteur, de nonchalance heureuse que l'amour donnait à ses gestes, et je l'enviais. Les baisers s'épuisent, et sans doute si Cyril m'avait moins aimée, serais-je devenue sa maîtresse cette semaine-là.

A six heures, en revenant des îles, Cyril tirait le bateau sur le sable. Nous rejoignions la maison par le bois de pins et, pour nous réchauffer, nous inventions des jeux d'Indiens, des courses à handicap. Il me rattrapait régulièrement avant la maison, s'abattait sur moi en criant victoire, me roulait dans les aiguilles de pins, me ligotait, m'embrassait. Je me rappelle encore le goût de ces baisers essoufflés, inefficaces, et le bruit du cœur de Cyril contre le mien en concordance avec le déferlement des vagues sur le sable… Un, deux, trois, quatre battements de cœur et le doux bruit sur le sable, un, deux, trois… un : il reprenait son souffle, son baiser se faisait précis, étroit, je n'entendais plus le bruit de la mer, mais dans mes oreilles les pas rapides et poursuivis de mon propre sang.

La voix d'Anne nous sépara un soir. Cyril était allongé contre moi, nous étions à moitié nus dans la lumière pleine de rougeurs et d'ombres du couchant et je comprends que cela ait pu abuser Anne. Elle prononça mon nom d'un ton bref.

Cyril se releva d'un bond, honteux bien entendu. Je me relevai à mon tour plus lentement en regardant Anne. Elle se tourna vers Cyril et lui parla doucement comme si elle ne le voyait pas :

« Je compte ne plus vous revoir », dit-elle.

Il ne répondit pas, se pencha sur moi et me baisa l'épaule, avant de s'éloigner. Ce geste m'étonna, m'émut comme un engagement. Anne me fixait, avec ce même air grave et détaché comme si elle pensait à autre chose. Cela m'agaça : si elle pensait à autre chose, elle avait tort de tant parler. Je me dirigeai vers elle en affectant un air gêné, par pure politesse. Elle enleva machinalement une aiguille de pin de mon cou et sembla me voir vraiment. Je la vis prendre son beau masque de mépris, ce visage de lassitude et de désapprobation qui la rendait remarquablement belle et me faisait un peu peur :

« Vous devriez savoir que ce genre de distractions finit généralement en clinique », dit-elle.

Elle me parlait debout en me fixant et j'étais horriblement ennuyée. Elle était de ces femmes qui peuvent parler, droites, sans bouger ; moi, il me fallait un fauteuil, le secours d'un objet à saisir, d'une cigarette, de ma jambe à balancer, à regarder balancer...

« Il ne faut pas exagérer, dis-je en souriant. J'ai juste embrassé Cyril, cela ne me traînera pas en clinique...

— Je vous prie de ne pas le revoir, dit-elle comme si elle croyait à un mensonge. Ne protestez pas : vous avez dix-sept ans, je suis un peu responsable de vous à présent et je ne vous laisserai pas gâcher votre vie. D'ailleurs, vous avez du travail à faire, cela occupera vos après-midi. »

Elle me tourna le dos et repartit vers la maison de son pas nonchalant. La consternation me clouait au sol. Elle pensait ce qu'elle disait : mes arguments, mes dénégations, elle les accueillerait avec cette forme d'indifférence pire que le mépris, comme si je n'existais pas, comme si j'étais quelque chose à réduire et non pas moi, Cécile, qu'elle connaissait depuis toujours, moi, enfin, qu'elle aurait pu souffrir de punir ainsi. Mon seul espoir était mon père. Il réagirait comme d'habitude : « Quel est ce garçon, mon chat ? Est-il beau au moins et sain ? Méfie-toi des salopards, ma petite fille. » Il fallait qu'il réagît en ce sens, ou mes vacances étaient finies.

Le dîner passa comme un cauchemar. Pas un instant Anne ne m'avait dit : « Je ne raconterai rien à votre père, je ne suis pas délatrice, mais vous allez me promettre de bien travailler. » Ce genre de calculs lui était étranger. Je m'en félicitais et lui en voulais à la fois car cela m'eût permis de la mépriser. Elle évita ce faux pas comme les autres et ce fut après le potage seulement qu'elle sembla se souvenir de l'incident. « J'aimerais que vous donniez quelques conseils avisés à votre fille, Raymond. Je l'ai trouvée dans le bois de pins avec Cyril, ce soir, et ils semblaient du dernier bien. »

Mon père essaya de prendre cela à la plaisanterie, le pauvre :

« Que me dites-vous là ? Que faisaient-ils ?

— Je l'embrassais, criai-je avec ardeur. Anne a cru...

— Je n'ai rien cru du tout, coupa-t-elle. Mais je crois qu'il serait bon qu'elle cesse de le voir quelque temps et qu'elle travaille un peu sa philosophie.

— La pauvre petite, dit mon père... Ce Cyril est gentil garçon, après tout ?

— Cécile est aussi une gentille petite fille, dit Anne. C'est pourquoi je serais navrée qu'il lui arrive un accident. Et étant donné la liberté complète qu'elle a ici, la compagnie constante de ce garçon et leur désœuvrement, cela me paraît inévitable. Pas vous ? »

Au son de ce « pas vous ? » je levai les yeux et mon père baissa les siens, très ennuyé.

« Vous avez sans doute raison, dit-il. Oui, après tout, tu devrais travailler un peu, Cécile. Tu ne veux quand même pas refaire une philosophie ?

— Que veux-tu que ça me fasse ? » répondis-je brièvement.

Il me regarda et détourna les yeux aussitôt. J'étais confondue. Je me rendais compte que l'insouciance est le seul sentiment qui puisse inspirer notre vie et ne pas disposer d'arguments pour se défendre.

« Voyons, dit Anne en saisissant ma main par-dessus la table, vous allez troquer votre personnage de fille des bois contre celui de bonne écolière, et seulement pendant un mois, ce n'est pas si grave, si ? »

Elle me regardait, il me regardait en souriant : sous ce jour, le débat était simple. Je retirai ma main doucement :

« Si, dis-je, c'est grave. »

Je le dis si doucement qu'ils ne m'entendirent pas ou ne le voulurent pas. Le lendemain matin, je me retrouvai devant une phrase de Bergson : il me fallut quelques minutes pour la comprendre : « Quelque hétérogénéité qu'on puisse trouver d'abord entre les faits et la cause, et bien qu'il y ait loin d'une règle de conduite à une affirmation sur le fond des choses, c'est toujours dans un contact avec le principe générateur de l'espèce humaine qu'on s'est senti puiser la force d'aimer l'humanité. » Je me répétai cette phrase, doucement d'abord pour ne pas m'énerver, puis à voix haute. Je me pris la tête dans les mains et la regardai avec attention. Enfin, je la compris et je me sentis aussi froide, aussi impuissante qu'en la lisant pour la première fois. Je ne pouvais pas continuer; je regardai les lignes suivantes toujours avec application et bienveillance et soudain quelque chose se leva en moi comme un vent, me jeta sur mon lit. Je pensai à Cyril qui m'attendait sur la crique dorée, au balancement doux du bateau, au goût de nos baisers, et je pensai à Anne. J'y pensai d'une telle manière que je m'assis sur mon lit, le cœur battant, en me disant que c'était stupide et monstrueux, que je n'étais qu'une enfant gâtée et paresseuse et que je n'avais pas le droit de penser ainsi. Et je continuai, malgré moi, à réfléchir : à réfléchir qu'elle était nuisible et dangereuse, et qu'il fallait l'écarter de notre chemin. Je me souvenais de ce déjeuner que je venais de passer, les dents serrées. Ulcérée, défaite par la rancune, un sentiment que je me méprisais, me ridiculisais d'éprouver... oui, c'est bien là ce que je reprochais à Anne ; elle m'empêchait de m'aimer moi-même. Moi, si naturellement faite pour le bonheur, l'amabilité, l'insouciance, j'entrais par elle dans un monde de reproches, de mauvaise conscience, où, trop inexperte à l'introspection, je me perdais moi-même. Et que m'apportait-elle ? Je mesurai sa force : elle avait voulu mon père, elle l'avait, elle allait peu à peu faire de nous le mari et la fille d'Anne Larsen. C'est-à-dire des êtres policés, bien élevés et heureux. Car elle nous rendrait heureux ; je sentais bien avec quelle facilité nous, instables, nous céderions à cet attrait des cadres, de l'irresponsabilité. Elle était beaucoup trop efficace. Déjà mon père se séparait de moi ; ce visage gêné, détourné qu'il avait eu à table m'obsédait, me torturait. Je me souvenais avec une envie de pleurer de toutes nos anciennes complicités, de nos rires quand nous rentrions à l'aube en voiture dans les rues blanches de Paris. Tout cela était fini. A mon tour, j'allais être influencée, remaniée, orientée par Anne. Je n'en souffrirais même pas : elle agirait par l'intelligence, l'ironie, la douceur, je n'étais pas capable de lui résister ; dans six mois, je n'en aurais même plus envie.

Il fallait absolument se secouer, retrouver mon père et notre vie d'antan. De quels charmes ne se paraient pas pour moi subitement les deux années joyeuses et incohérentes que je venais d'achever, ces deux années que j'avais si vite reniées l'autre jour ?... La liberté de penser, et de mal penser et de penser peu, la liberté de choisir moi-même ma vie, de me choisir moi-même. Je ne peux dire « d'être moi-même » puisque je n'étais rien qu'une pâte modelable, mais celle de refuser les moules.

Je sais qu'on peut trouver à ce changement des motifs compliqués, que l'on peut me doter de complexes magnifiques : un amour incestueux pour mon père ou une passion malsaine pour Anne. Mais je connais les causes réelles : ce furent la chaleur, Bergson, Cyril ou du moins l'absence de Cyril. J'y pensai tout l'après-midi dans une suite d'états désagréables mais tous issus de cette découverte : que nous étions à la merci d'Anne. Je n'étais pas habituée à réfléchir, cela me rendait irritable. A table, comme le matin, je n'ouvris pas la bouche. Mon père se crut obligé d'en plaisanter :

« Ce que j'aime dans la jeunesse, c'est son entrain, sa conversation... »

Je le regardai violemment, avec dureté. Il était vrai qu'il aimait la jeunesse et avec qui avais-je parlé si ce n'est avec lui ? Nous avions parlé de tout : de l'amour, de la mort, de la musique. Il m'abandonnait, me désarmait lui-même. Je le regardai, je pensai : « Tu ne m'aimes plus comme avant, tu me trahis » et j'essayai de le lui faire comprendre sans parler ; j'étais en plein drame. Il me regarda aussi, subitement alarmé, comprenant peut-être que ce n'était plus un jeu et que notre entente était en danger. Je le vis se pétrifier, interrogateur. Anne se tourna vers moi :

« Vous avez mauvaise mine, j'ai des remords de vous faire travailler. »

Je ne répondis pas, je me détestais trop moi-même pour cette espèce de drame que je montais et que je ne pouvais plus arrêter. Nous avions fini de dîner. Sur la terrasse, dans le rectangle lumineux projeté par la fenêtre de la salle à manger, je vis la main d'Anne, une longue main vivante, se balancer, trouver celle de mon père. Je pensai à Cyril, j'aurais voulu qu'il me prît dans ses bras, sur cette terrasse criblée de cigales et de lune. J'aurais voulu être caressée, consolée, raccommodée avec moi-même. Mon père et Anne se taisaient : ils avaient devant eux une nuit d'amour, j'avais Bergson. J'essayai de pleurer, de m'attendrir sur moi-même ; en vain. C'était déjà sur Anne que je m'attendrissais, comme si j'avais été sûre de la vaincre.

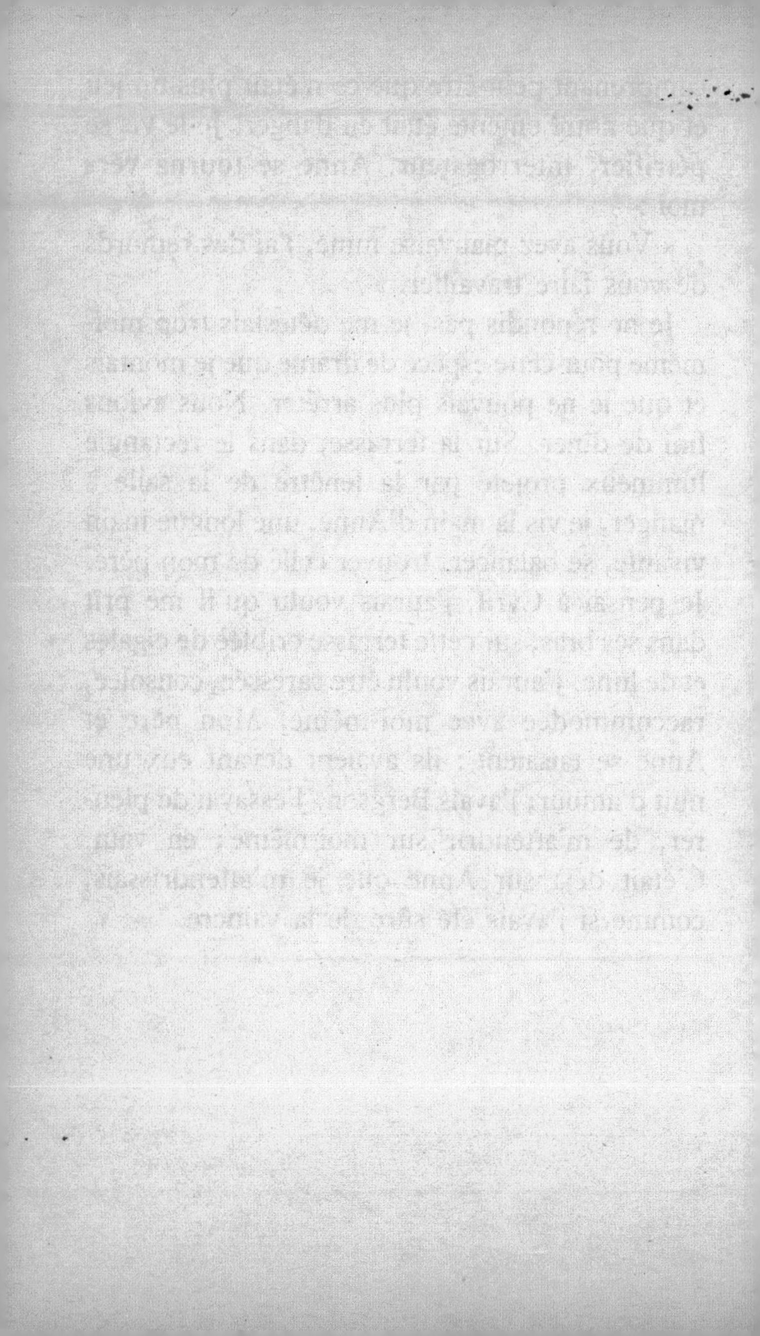

DEUXIÈME PARTIE

CHAPITRE PREMIER

La netteté de mes souvenirs à partir de ce moment m'étonne. J'acquérais une conscience plus attentive des autres, de moi-même. La spontanéité, un égoïsme facile avaient toujours été pour moi un luxe naturel. J'avais toujours vécu. Or, voici que ces quelques jours m'avaient assez troublée pour que je sois amenée à réfléchir, à me regarder vivre. Je passais par toutes les affres de l'introspection sans, pour cela, me réconcilier avec moi-même. « Ce sentiment pensais-je, ce sentiment à l'égard d'Anne est bête et pauvre, comme ce désir de la séparer de mon père est féroce. » Mais, après tout, pourquoi me juger ainsi ? Etant simplement moi, n'étais-je pas libre d'éprouver ce qui arrivait ? Pour la première fois de ma vie, ce « moi » semblait se partager et la découverte d'une telle dualité m'étonnait prodigieusement. Je trouvais de bonnes excuses, je me les murmurais à moi-même, me jugeant sincère, et brusquement un autre « moi » surgissait, qui s'inscrivait en faux contre mes propres arguments, me criant que je m'abusais moi-même, bien qu'ils eussent toutes les apparences de la vérité. Mais n'était-ce pas, en fait, cet autre qui me trompait ? Cette lucidité n'était-elle pas la pire des erreurs ? Je me débattais des heures entières dans ma chambre pour savoir si la crainte, l'hostilité que m'inspirait Anne à présent se justifiaient ou si je n'étais qu'une petite jeune fille égoïste et gâtée en veine de fausse indépendance.

En attendant, je maigrissais un peu plus chaque jour, je ne faisais que dormir sur la plage et, aux repas, je gardais malgré moi un silence anxieux qui finissait par les gêner. Je regardais Anne, je l'épiais sans cesse, je me disais tout au long du repas : « Ce geste qu'elle a eu vers lui, n'est-ce pas l'amour, un amour comme il n'en aura jamais d'autre ? Et ce sourire vers moi avec ce fond d'inquiétude dans les yeux, comment pourrais-je lui en vouloir ? » Mais, soudain, elle disait : « Quand nous serons rentrés, Raymond... » Alors, l'idée qu'elle allait partager notre vie, y intervenir, me hérissait. Elle ne me semblait plus qu'habileté et froideur. Je me disais : « Elle est froide, nous sommes chaleureux ; elle est autoritaire, nous sommes indépendants ; elle est indifférente : les gens ne l'intéressent pas, ils nous passionnent ; elle est réservée, nous sommes gais. Il n'y a que nous deux de vivants et elle va se glisser entre nous avec sa tranquillité, elle va se réchauffer, nous prendre peu à peu notre bonne chaleur insouciante, elle va nous voler tout, comme un beau serpent. » Je me répétais un beau serpent... un beau serpent ! Elle me tendait le pain et soudain je me réveillais, je me criais : « Mais c'est fou, c'est Anne, l'intelligente Anne, celle qui s'est occupée de toi. Sa froideur est sa forme de vie, tu ne peux y voir du calcul ; son indifférence la protège de mille petites choses sordides, c'est un gage de noblesse. » Un beau serpent... je me sentais blêmir de honte, je la regardais, je la suppliais tout bas de me pardonner. Parfois, elle surprenait ces regards et l'étonnement, l'incertitude assombrissaient son visage, coupaient ses phrases. Elle cherchait instinctivement mon père des yeux ; il la regardait avec admiration ou désir, ne comprenait pas la cause de cette inquiétude. Enfin, j'arrivais peu à peu à rendre l'atmosphère étouffante et je m'en détestais.

Mon père souffrait autant qu'il lui était, dans son cas, possible de souffrir. C'est-à-dire peu, car il était fou d'Anne, fou d'orgueil et de plaisir et il ne vivait que pour ça. Un jour, cependant, où je somnolais sur la plage, après le bain du matin, il s'assit près de moi et me regarda. Je sentais son regard peser sur moi. J'allais me lever et lui proposer d'aller à l'eau avec l'air faussement enjoué qui me devenait habituel, quand il posa sa main sur ma tête et éleva la voix d'un ton lamentable :

« Anne, venez voir cette sauterelle, elle est toute maigre. Si le travail lui fait cet effet-là, il faut qu'elle s'arrête. »

Il croyait tout arranger et sans doute, dix jours plus tôt, cela eût tout arrangé. Mais j'étais arrivée bien plus loin dans les complications et les heures de travail pendant l'après-midi ne me gênaient plus, étant donné que je n'avais pas ouvert un livre depuis Bergson.

Anne s'approchait. Je restai couchée sur le ventre dans le sable, attentive au bruit de ses pas. Elle s'assit de l'autre côté et murmura :

C'est vrai que ça ne lui réussit pas. D'ailleurs, il lui suffirait de travailler vraiment au lieu de tourner en rond dans sa chambre... »

Je m'étais retournée, je les regardais. Comment savait-elle que je ne travaillais pas ? Peut-être même avait-elle deviné mes pensées, je la croyais capable de tout. Cette idée me fit peur :

« Je ne tourne pas en rond dans ma chambre, protestai-je.

— Est-ce ce garçon qui te manque ? demanda mon père.

— Non ! »

C'était un peu faux. Mais il est vrai que je n'avais pas eu le temps de penser à Cyril.

« Et pourtant tu ne te portes pas bien, dit mon père sévèrement. Anne, vous la voyez ? On dirait un poulet qu'on aurait vidé et mis à rôtir au soleil.

— Ma petite Cécile, dit Anne, faites un effort. Travaillez un peu et mangez beaucoup. Cet examen est important…

— Je me fous de mon examen, criai-je, vous comprenez, je m'en fous ! »

Je la regardai désespérément, bien en face, pour qu'elle comprît que c'était plus grave qu'un examen. Il fallait qu'elle me dise : « Alors, qu'est-ce que c'est ? », qu'elle me harcèle de questions, qu'elle me force à tout lui raconter. Et là, elle me convaincrait, elle déciderait ce qu'elle voudrait, mais ainsi je ne serais plus infestée de ces sentiments acides et déprimants. Elle me regardait attentivement, je voyais le bleu de Prusse de ses yeux assombris par l'attention, le reproche. Et je compris que jamais elle ne penserait à me questionner, à me délivrer parce que l'idée ne l'effleurerait pas et qu'elle estimait que cela ne se faisait pas. Et qu'elle ne me prêtait pas une de ces pensées qui me ravageaient ou que si elle le faisait c'était avec mépris et indifférence. Tout ce qu'elles méritaient, d'ailleurs ! Anne accordait toujours aux choses leur importance exacte. C'est pourquoi jamais, jamais, je ne pourrais traiter avec elle.

Je me rejetai sur le sable avec violence, j'appuyai ma joue sur la douceur chaude de la plage, je soupirai, je tremblai un peu. La main d'Anne, tranquille et sûre, se posa sur ma nuque, me maintint immobile un instant, le temps que mon tremblement nerveux s'arrête.

« Ne vous compliquez pas la vie, dit-elle. Vous qui étiez si contente et si agitée, vous qui n'avez pas de tête, vous devenez cérébrale et triste. Ce n'est pas un personnage pour vous.

— Je sais, dis-je. Moi, je suis le jeune être inconscient et sain, plein de gaieté et de stupidité.

— Venez déjeuner », dit-elle.

Mon père s'était éloigné, il détestait ce genre de discussions ; dans le chemin, il me prit la main et la garda. C'était une main dure et réconfortante : elle m'avait mouchée à mon premier chagrin d'amour, elle avait tenu la mienne dans les moments de tranquillité et de bonheur parfait, elle l'avait serrée furtivement dans les moments de complicité et de fou rire. Cette main sur le volant, ou sur les clefs, le soir, cherchant vainement la serrure, cette main sur l'épaule d'une femme ou sur des cigarettes, cette main ne pouvait plus rien pour moi. Je la serrai très fort. Se tournant vers moi, il me sourit.

CHAPITRE II

Deux jours passèrent : je tournais en rond, je m'épuisais. Je ne pouvais me libérer de cette hantise : Anne allait saccager notre existence. Je ne cherchais pas à revoir Cyril, il m'eût rassurée, apporté quelque bonheur et je n'en avais pas envie. Je mettais même une certaine complaisance à me poser des questions insolubles, à me rappeler les jours apposés, à craindre ceux qui suivraient. Il faisait très chaud ; ma chambre était dans la pénombre, les volets clos, mais cela ne suffisait pas à écarter une pesanteur, une moiteur de l'air insupportables. Je restais sur mon lit, la tête renversée, les yeux au plafond, bougeant à peine pour retrouver un morceau de drap frais. Je ne dormais pas mais je mettais sur le pick-up au pied de mon lit des disques lents, sans mélodie, juste cadencés. Je fumais beaucoup, je me trouvais décadente et cela me plaisait. Mais ce jeu ne suffisait pas à m'abuser : j'étais triste, désorientée.

Un après-midi, la femme de chambre frappa à ma porte et m'avertit d'un air mystérieux qu'« il y avait quelqu'un en bas ». Je pensai aussitôt à Cyril. Je descendis, mais ce n'était pas lui. C'était Elsa. Elle me serra les mains avec effusion. Je la regardai et je m'étonnai de sa nouvelle beauté. Elle était enfin hâlée, d'un hâle clair et régulier, très soignée, éclatante de jeunesse.

« Je suis venue prendre mes valises, dit-elle. Juan m'a acheté quelques robes ces jours-ci, mais ce n'était pas suffisant. »

Je me demandai un instant qui était Juan et passai outre. J'avais plaisir à retrouver Elsa : elle transportait avec elle une ambiance de femme entretenue, de bars, de soirées faciles qui me rappelait des jours heureux. Je lui dis que j'étais contente de la revoir et elle m'assura que nous nous étions toujours bien entendues car nous avions des points communs. Je dissimulai un léger frisson et lui proposai de monter dans ma chambre, ce qui lui éviterait de rencontrer mon père et Anne. Quand je lui parlai de mon père, elle ne put réprimer un petit mouvement de la tête et je pensai qu'elle l'aimait peut-être encore... malgré Juan et ses robes. Je pensai aussi que, trois semaines plus tôt, je n'aurais pas remarqué ce mouvement.

Dans ma chambre, je l'écoutai parler avec force éclats de la vie mondaine et grisante qu'elle avait menée sur la côte. Je sentais confusément se lever en moi des idées curieuses qu'inspirait en partie son nouvel aspect. Enfin elle s'arrêta d'elle-même, peut-être à cause de mon silence, fit quelques pas dans la chambre et, sans se retourner, me demanda d'une voix détachée si « Raymond était heureux ». J'eus l'impression de marquer un point, et je compris aussitôt pourquoi. Alors, des foules de projets se mélangèrent dans ma tête, des plans se dressèrent, je me sentis succomber sous le poids de mes arguments. Aussi rapidement, je sus ce qu'il fallait lui dire :

« “Heureux”, c'est beaucoup dire ! Anne ne lui laisse pas croire autre chose. Elle est très habile.

— Très ! soupira Elsa.

— Vous ne devinerez jamais ce qu'elle l'a décidé à faire... Elle va l'épouser. »

Elsa tourna vers moi un visage horrifié :

« L'épouser ? Raymond veut se marier, lui ?

— Oui, dis-je, Raymond va se marier. »

Une brusque envie de rire me prenait à la gorge. Mes mains tremblaient. Elsa semblait désemparée, comme si je lui avais porté un coup. Il ne fallait pas la laisser réfléchir et déduire qu'après tout, c'était de son âge et qu'il ne pouvait passer sa vie avec des demi-mondaines. Je me penchai en avant et baissai soudain la voix pour l'impressionner :

« Il ne faut pas que cela se fasse, Elsa. Il souffre déjà. Ce n'est pas une chose possible, vous le comprenez bien.

— Oui », dit-elle.

Elle paraissait fascinée, cela me donnait envie de rire et mon tremblement augmentait.

« Je vous attendais, repris-je. Il n'y a que vous qui soyez de taille à lutter contre Anne. Vous seule avez la classe suffisante. »

Manifestement, elle ne demandait qu'à me croire.

« Mais s'il l'épouse, c'est qu'il l'aime, objecta-t-elle.

— Allons, dis-je doucement, c'est vous qu'il aime, Elsa ! N'essayez pas de me faire croire que vous l'ignorez. »

Je la vis battre des paupières, se détourner pour cacher le plaisir, l'espoir que je lui donnais. J'agissais dans une sorte de vertige, je sentais exactement ce qu'il fallait lui dire.

« Vous comprenez, dis-je, elle lui a fait le coup de l'équilibre conjugal, du foyer, de la morale, et elle l'a eu. »

Mes paroles m'accablaient... Car, en somme, c'étaient bien mes propres sentiments que j'exprimais ainsi, sous une forme élémentaire et grossière sans doute, mais ils correspondaient à mes pensées.

« Si le mariage se fait, notre vie à tous trois est

détruite, Elsa. Il faut défendre mon père, c'est un grand enfant... Un grand enfant... »

Je répétais « grand enfant » avec énergie. Cela me paraissait un peu trop poussé au mélodrame mais déjà le bel œil vert d'Elsa s'embuait de pitié. J'achevai comme dans un cantique :

« Aidez-moi, Elsa. Je vous le dis pour vous, pour mon père et pour votre amour à tous deux. »

J'achevai *in petto* « ... et pour les petits Chinois. »

« Mais que puis-je faire ? demandait Elsa. Cela me paraît impossible.

— Si vous le croyez impossible, alors renoncez, dis-je avec ce que l'on appelle une voix brisée.

— Quelle garce ! murmura Elsa.

— C'est le terme exact », dis-je et je détournai le visage à mon tour.

Elsa renaissait à vue d'œil. Elle avait été bafouée, elle allait lui montrer, à cette intrigante, ce qu'elle pouvait faire, elle, Elsa Mackenbourg. Et mon père l'aimait, elle l'avait toujours su. Elle-même n'avait pu oublier auprès de Juan la séduction de Raymond. Sans doute, elle ne lui parlait pas de foyer, mais elle, au moins, ne l'ennuyait pas, elle n'essayait pas...

« Elsa, dis-je, car je ne la supportais plus, vous allez voir Cyril de ma part et lui demander l'hospitalité. Il s'arrangera avec sa mère. Dites-lui que, demain matin, je viendrai le voir. Nous discuterons ensemble tous les trois. »

Sur le pas de la porte, j'ajoutai pour rire :

« C'est votre destin que vous défendez, Elsa. »

Elle acquiesça gravement comme si, des destins, elle n'en avait pas une quinzaine, autant que d'hommes qui l'entretiendraient. Je la regardai partir dans le soleil, de son pas dansant. Je donnai une semaine à mon père pour la désirer à nouveau.

Il était trois heures et demie : en ce moment, il devait dormir dans les bras d'Anne. Elle-même épanouie, défaite, renversée dans la chaleur du plaisir, du bonheur, devait s'abandonner au sommeil... Je me mis à dresser des plans très rapidement sans m'arrêter un instant sur moi-même. Je marchais dans ma chambre sans interruption, j'allais jusqu'à la fenêtre, jetais un coup d'œil à la mer parfaitement calme, écrasée sur les sables, je revenais à la porte, me retournais. Je calculais, je supputais, je détruisais au fur et à mesure toutes les objections ; je ne m'étais jamais rendu compte de l'agilité de l'esprit, de ses sursauts. Je me sentais dangereusement habile et, à la vague de dégoût qui s'était emparée de moi, contre moi, dès mes premières explications à Elsa, s'ajoutait un sentiment d'orgueil, de complicité intérieure, de solitude.

Tout cela s'effondra — est-il utile de le dire ? — à l'heure du bain. Je tremblais de remords devant Anne, je ne savais que faire pour me rattraper. Je portais son sac, je me précipitais pour lui tendre son peignoir à la sortie de l'eau, je l'accablais de prévenances, de paroles aimables ; ce changement si rapide, après mon silence des derniers jours, ne laissait pas de la surprendre, voire de lui faire plaisir. Mon père était ravi. Anne me remerciait d'un sourire, me répondait gaiement et je me rappelais le « Quelle garce ! — C'est le terme exact. » Comment avais-je pu dire cela, accepter les bêtises d'Elsa ? Demain, je lui conseillerais de partir, lui avouant que je m'étais trompée. Tout reprendrait comme avant et, après tout, je le passerais, mon examen ! C'était sûrement utile, le baccalauréat.

« N'est-ce pas ? »

Je parlais à Anne.

« N'est-ce pas que c'est utile, le baccalauréat ? »

Elle me regarda et éclata de rire. Je fis comme elle, heureuse de la voir si gaie.

« Vous êtes incroyable », dit-elle.

C'est vrai que j'étais incroyable, et encore si elle avait su ce que j'avais projeté de faire ! Je mourais d'envie de le lui raconter pour qu'elle voie à quel point j'étais incroyable ! « Figurez-vous que je lançais Elsa dans la comédie : elle faisait semblant d'être amoureuse de Cyril, elle habitait chez lui, nous les voyions passer en bateau, nous les rencontrions dans les bois, sur la côte. Elsa est redevenue belle. Oh! évidemment, elle n'a pas votre beauté, mais enfin ce côté belle créature resplendissante qui fait se retourner les hommes. Mon père ne l'aurait pas supporté longtemps : il n'a jamais admis qu'une femme belle qui lui a appartenu se console si vite et, en quelque sorte, sous ses yeux. Surtout avec un homme plus jeune que lui. Vous comprenez, Anne, il en aurait eu envie très vite, bien qu'il vous aime, pour se rassurer. Il est très vaniteux ou très peu sûr de lui, comme vous voulez. Elsa, sous mes directives, aurait fait ce qu'il fallait. Un jour, il vous aurait trompée et vous n'auriez pas pu le supporter, n'est-ce pas? Vous n'êtes pas de ces femmes qui partagent. Alors vous seriez partie et c'était ce que je voulais. Oui, c'est stupide, je vous en voulais à cause de Bergson, de la chaleur; je m'imaginais que... Je n'ose même pas vous en parler tellement c'était abstrait et ridicule. A cause de ce baccalauréat, j'aurais pu vous brouiller avec nous, vous l'amie de ma mère, notre amie. Et c'est pourtant utile, le baccalauréat, n'est-ce pas? » « N'est-ce pas?

— N'est-ce pas quoi? dit Anne. Que le baccalauréat est utile?

— Oui », dis-je.

Après tout, il valait mieux ne rien lui dire, elle n'aurait peut-être pas compris. Il y avait des choses qu'elle ne comprenait pas, Anne. Je me lançai dans l'eau à la poursuite de mon père, me battis avec lui, retrouvai les plaisirs du jeu, de l'eau, de la bonne conscience. Demain, je changerais de chambre ; je m'installerais au grenier avec mes livres de classe. Je n'emporterais quand même pas Bergson ; il ne fallait pas exagérer. Deux bonnes heures de travail, dans la solitude, l'effort silencieux, l'odeur de l'encre, du papier. Le succès en octobre, le rire stupéfait de mon père, l'approbation d'Anne, la licence. Je serais intelligente, cultivée, un peu détachée, comme Anne. J'avais peut-être des possibilités intellectuelles... N'avais-je pas mis sur pied en cinq minutes un plan logique; méprisable bien sûr, mais logique. Et Elsa ! Je l'avais prise par la vanité, le sentiment, je l'avais désirée en quelques instants, elle qui venait juste pour prendre sa valise. C'était drôle, d'ailleurs : j'avais visé Elsa, j'avais aperçu la faille, ajusté mes coups avant de parler. Pour la première fois, j'avais connu ce plaisir extraordinaire : percer un être, le découvrir, l'amener au jour et, là, le toucher. Comme on met un doigt sur un ressort, avec précaution, j'avais essayé de trouver quelqu'un et cela s'était déclenché aussitôt. Touché ! Je ne connaissais pas cela, j'avais toujours été trop impulsive. Quand j'avais atteint un être, c'était par mégarde. Tout ce merveilleux mécanisme des réflexes humains, toute cette puissance du langage, je les avais brusquement entrevus. Quel dommage que ce fût par les voies du mensonge. Un jour, j'aimerais quelqu'un passionnément et je chercherais un chemin vers lui, ainsi, avec précaution, avec douceur, la main tremblante...

CHAPITRE III

Le lendemain, en me dirigeant vers la villa de Cyril, je me sentais beaucoup moins sûre de moi, intellectuellement. Pour fêter ma guérison, j'avais beaucoup bu au dîner et j'étais plus que gaie. J'expliquais à mon père que j'allais faire une licence de lettres, que je fréquenterais des érudits, que je voulais devenir célèbre et assommante. Il lui faudrait déployer tous les trésors de la publicité et du scandale pour me lancer. Nous échangions des idées saugrenues, nous riions aux éclats. Anne riait aussi mais moins fort, avec une sorte d'indulgence. De temps en temps, elle ne riait plus du tout, mes idées de lancement débordant les cadres de la littérature et de la simple décence. Mais mon père était si manifestement heureux de ce que nous nous retrouvions avec nos plaisanteries stupides, qu'elle ne disait rien. Finalement, ils me couchèrent, me bordèrent. Je les remerciai avec passion, leur demandai ce que je ferais sans eux. Mon père ne le savait vraiment pas, Anne semblait avoir une idée assez féroce à ce sujet mais comme je la suppliais de me le dire et qu'elle se penchait sur moi, le sommeil me terrassa. Au milieu de la nuit, je fus malade. Le réveil dépassa tout ce que je connaissais en fait de réveil pénible. Les idées vagues, le cœur hésitant, je me dirigeai vers le bois de pins, sans rien voir de la mer du matin et des mouettes surexcitées.

Je trouvai Cyril à l'entrée du jardin. Il bondit vers moi, me prit dans ses bras, me serra violemment contre lui en murmurant des paroles confuses :

« Mon chéri, j'étais tellement inquiet... Il y a si longtemps... Je ne savais pas ce que tu faisais, si cette femme te rendait malheureuse... Je ne savais pas que je pourrais être si malheureux moi-même... Je passais tous les après-midi devant la crique, une fois, deux fois. Je ne croyais pas que je t'aimais tant...

— Moi non plus », dis-je.

En fait, cela me surprenait et m'émouvait à la fois. Je regrettais d'avoir si mal au cœur, de ne pouvoir lui témoigner mon émotion.

« Que tu es pâle, dit-il. Maintenant, je vais m'occuper de toi, je ne te laisserai pas maltraiter plus longtemps. »

Je reconnaissais l'imagination d'Elsa. Je demandai à Cyril ce qu'en disait sa mère.

« Je la lui ai présentée comme une amie, une orpheline, dit Cyril. Elle est gentille d'ailleurs, Elsa. Elle m'a tout raconté au sujet de cette femme. C'est curieux, avec un visage si fin, si racé, ces manœuvres d'intrigante.

— Elsa a beaucoup exagéré, dis-je faiblement. Je voulais lui dire justement que...

— Moi aussi, j'ai quelque chose à te dire, coupa Cyril. Cécile, je veux t'épouser. »

J'eus un moment de panique. Il fallait faire quelque chose, dire quelque chose. Si je n'avais pas eu ce mal de cœur épouvantable...

« Je t'aime, disait Cyril dans mes cheveux. Je lâche le droit, on m'offre une situation intéressante... un oncle... J'ai vingt-six ans, je ne suis plus un petit garçon, je parle sérieusement. Que dis-tu ? »

Je cherchais désespérément quelque belle phrase équivoque. Je ne voulais pas l'épouser. Je l'aimais mais je ne voulais pas l'épouser. Je ne voulais épouser personne, j'étais fatiguée.

« Ce n'est pas possible, balbutiai-je. Mon père...

— Ton père, je m'en charge, dit Cyril.

— Anne ne voudra pas, dis-je. Elle prétend que je ne suis pas adulte. Et si elle dit non, mon père le dira aussi. Je suis si fatiguée, Cyril, ces émotions me coupent les jambes, asseyons-nous. Voilà Elsa. »

Elle descendait en robe de chambre, fraîche et lumineuse. Je me sentis terne et maigre. Ils avaient tous les deux un air sain, florissant et excité qui me déprimait encore. Elle me fit asseoir avec mille ménagements, comme si je sortais de prison.

« Comment va Raymond? demanda-t-elle. Sait-il que je suis venue? »

Elle avait le sourire heureux de celle qui a pardonné, qui espère. Je ne pouvais pas lui dire, à elle, que mon père l'avait oubliée et à lui que je ne voulais pas l'épouser. Je fermai les yeux, Cyril alla chercher du café. Elsa parlait, parlait, elle me considérait visiblement comme quelqu'un de très subtil, elle avait confiance en moi. Le café était très fort, très parfumé, le soleil me réconfortait un peu.

« J'ai eu beau chercher, je n'ai pas trouvé de solution, dit Elsa.

— Il n'y en a pas, dit Cyril. C'est un engouement, une influence, il n'y a rien à faire.

— Si, dis-je. Il y a un moyen. Vous n'avez aucune imagination. »

Cela me flattait de les voir attentifs à mes paroles : ils avaient dix ans de plus que moi et ils n'avaient pas d'idée! Je pris l'air dégagé :

« C'est une question de psychologie », dis-je.

Je parlai longtemps, je leur expliquai mon plan. Ils me présentaient les mêmes objections que je m'étais posées la veille et j'éprouvais à les détruire un plaisir aigu. C'était gratuit mais à force de vouloir les convaincre, je me passionnais à mon tour. Je leur démontrai que c'était possible. Il me restait à leur montrer qu'il ne fallait pas le faire mais je ne trouvai pas d'arguments aussi logiques.

« Je n'aime pas ces combines, disait Cyril. Mais si c'est le seul moyen pour t'épouser, je les adopte.

— Ce n'est pas précisément la faute d'Anne, disais-je.

— Vous savez très bien que si elle reste, vous épouserez qui elle voudra », dit Elsa.

C'était peut-être vrai. Je voyais Anne me présentant un jeune homme le jour de mes vingt ans, licencié aussi, promis à un brillant avenir, intelligent, équilibré, sûrement fidèle. Un peu ce qu'était Cyril, d'ailleurs. Je me mis à rire.

« Je t'en prie, ne ris pas, dit Cyril. Dis-moi que tu seras jalouse quand je ferai semblant d'aimer Elsa. Comment as-tu pu l'envisager, est-ce que tu m'aimes? »

Il parlait à voix basse. Discrètement, Elsa s'était éloignée. Je regardais le visage brun, tendu, les yeux sombres de Cyril. Il m'aimait, cela me donnait une curieuse impression. Je regardais sa bouche, gonflée de sang, si proche... Je ne me sentais plus intellectuelle. Il avança un peu le visage de sorte que nos lèvres, en venant à se toucher, se reconnurent. Je restai assise les yeux ouverts, sa bouche immobile contre la mienne, une bouche chaude et dure ; un léger frémissement la parcourait, il s'appuya un peu plus pour l'arrêter, puis ses lèvres s'écartèrent, son baiser s'ébranla, devint vite impérieux, habile, trop habile.. Je comprenais que j'étais plus douée pour embrasser un garçon au soleil que pour faire une licence. Je m'écartai un peu de lui, haletante.

« Cécile, nous devons vivre ensemble. Je jouerai le petit jeu avec Elsa. »

Je me demandais si mes calculs étaient justes. J'étais l'âme, le metteur en scène de cette comédie. Je pourrais toujours l'arrêter.

« Tu as des drôles d'idées, dit Cyril avec son petit sourire de biais qui lui retroussait la lèvre et lui donnait l'air d'un bandit, un très beau bandit...

— Embrasse-moi, murmurai-je, embrasse-moi vite. »

C'est ainsi que je déclenchai la comédie. Malgré moi, par nonchalance et curiosité. Je préférerais par moments l'avoir fait volontairement avec haine et violence. Que je puisse au moins me mettre en accusation, moi, et non pas la paresse, le soleil et les baisers de Cyril.

Je quittai les conspirateurs au bout d'une

heure, assez ennuyée. Il me restait pour me rassurer nombre d'arguments : mon plan pouvait être mauvais, mon père pouvait fort bien pousser sa passion pour Anne jusqu'à la fidélité. De plus, ni Cyril ni Elsa ne pouvaient rien faire sans moi. Je trouverais bien une raison pour arrêter le jeu, si mon père paraissait s'y laisser prendre. Il était toujours amusant d'essayer de voir si mes calculs psychologiques étaient justes ou faux.

Et de plus, Cyril m'aimait. Cyril voulait m'épouser : cette pensée suffisait à mon euphorie. S'il pouvait m'attendre un an ou deux, le temps pour moi de devenir adulte, j'accepterais. Je me voyais déjà vivant avec Cyril, dormant contre lui, ne le quittant pas. Tous les dimanches, nous irions déjeuner avec Anne et mon père, ménage uni, et peut-être même la mère de Cyril, ce qui contribuerait à créer l'atmosphère du repas.

Je retrouvai Anne sur la terrasse, elle descendait sur la plage rejoindre mon père. Elle m'accueillit avec l'air ironique dont on accueille les gens qui ont bu la veille. Je lui demandai ce qu'elle avait failli me dire le soir avant que je m'endorme, mais elle refusa en riant, sous prétexte que ça me vexerait. Mon père sortait de l'eau, large et musclé, il me parut superbe. Je me baignai avec Anne, elle nageait doucement, la tête hors de l'eau pour ne pas mouiller ses cheveux. Puis, nous nous allongeâmes tous les trois côte à côte, à plat ventre, moi entre eux deux, silencieux et tranquilles.

C'est alors que le bateau fit son apparition à l'extrémité de la crique, toutes voiles dehors. Mon père le vit le premier.

« Ce cher Cyril n'y tenait plus, dit-il en riant. Anne, on lui pardonne ? Au fond, ce garçon est gentil. »

Je relevai la tête, je sentais le danger :

« Mais qu'est-ce qu'il fait ? dit mon père. Il double la crique. Ah ! mais il n'est pas seul... »

Anne avait à son tour levé la tête. Le bateau allait passer devant nous et nous doubler. Je distinguai le visage de Cyril, je le suppliai intérieurement de s'en aller.

L'exclamation de mon père me fit sursauter. Pourtant, depuis deux minutes déjà, je l'attendais :

« Mais... mais c'est Elsa ! Qu'est-ce qu'elle fait là ? »

Il se tourna vers Anne :

« Cette fille est extraordinaire ! Elle a dû mettre le grappin sur ce pauvre garçon et se faire adopter par la vieille dame. »

Mais Anne ne l'écoutait pas. Elle me regardait. Je croisai son regard et je reposai mon visage dans le sable, inondée de honte. Elle avança la main, la posa sur mon cou :

« Regardez-moi. M'en voulez-vous ? »

J'ouvris les yeux : elle penchait sur moi un regard inquiet, presque suppliant. Pour la première fois, elle me regardait comme on regarde un être sensible et pensant, et cela le jour où... Je poussai un gémissement, je détournai violemment la tête vers mon père pour me libérer de cette main. Il regardait le bateau.

« Ma pauvre petite fille, reprit la voix d'Anne, une voix basse. Ma pauvre petite Cécile, c'est un peu ma faute, je n'aurais peut-être pas dû être si intransigeante... Je n'aurais pas voulu vous faire de peine, le croyez-vous ? »

Elle me caressait les cheveux ; la nuque, tendrement. Je ne bougeais pas. J'avais la même impression que lorsque le sable s'enfuyait sous moi, au départ d'une vague : un désir de défaite, de douceur m'avait envahie et aucun sentiment, ni la colère ni le désir, ne m'avait entraînée comme celui-là. Abandonner la comédie, confier ma vie, me mettre entre ses mains jusqu'à la fin de mes jours. Je n'avais jamais ressenti une faiblesse aussi envahissante, aussi violente. Je fermai les yeux. Il me semblait que mon cœur cessait de battre.

CHAPITRE IV

Mon père n'avait pas témoigné d'autre sentiment que l'étonnement. La femme de chambre lui expliqua qu'Elsa était venue prendre sa valise et était repartie aussitôt. Je ne sais pas pourquoi elle ne lui parla pas de notre entrevue. C'était une femme du pays, très romanesque, elle devait se faire une idée assez savoureuse de notre situation. Surtout avec les changements de chambres qu'elle avait opérés.

Mon père et Anne donc, en proie à leurs remords, me témoignèrent des attentions, une bonté qui, insupportable au début, me fut vite agréable. En somme, même si c'était ma faute, il ne m'était guère agréable de croiser sans cesse Cyril et Elsa au bras l'un de l'autre, donnant tous les signes d'une entente parfaite. Je ne pouvais plus faire de bateau, mais je pouvais voir passer Elsa, décoiffée par le vent comme je l'avais été moi-même. Je n'avais aucun mal à prendre l'air fermé et faussement détaché quand nous les rencontrions. Car nous les rencontrions partout : dans le bois de pins, dans le village, sur la route. Anne me jetait un coup d'œil, me parlait d'autre chose, posait sa main sur mon épaule pour me réconforter. Ai-je dit qu'elle était bonne ? Je ne sais pas si sa bonté était une forme affinée de son intelligence ou plus simplement de son indifférence, mais elle avait toujours le mot, le geste justes, et si j'avais eu à souffrir vraiment, je n'aurais pu avoir de meilleur soutien.

Je me laissais donc aller sans trop d'inquiétude car, je l'ai dit, mon père ne donnait aucun signe de jalousie. Cela me prouvait son attachement pour Anne et me vexait quelque peu en démontrant aussi l'inanité de mes plans. Un jour nous rentrions à la poste, lui et moi, lorsque Elsa nous croisa ; elle ne sembla pas nous voir et mon père se retourna sur elle comme sur une inconnue, avec un petit sifflement :

« Dis-moi, elle a terriblement embelli, Elsa.

— L'amour lui réussit », dis-je.

Il me jeta un regard étonné :

« Tu sembles prendre ça mieux...

— Que veux-tu, dis-je. Ils ont le même âge, c'était un peu fatal.

— S'il n'y avait pas eu Anne, ce n'aurait pas été fatal du tout. »

Il était furieux.

« Tu ne t'imagines pas qu'un galopin me prendrait une femme si je n'y consentais pas...

— L'âge joue quand même », dis-je gravement.

Il haussa les épaules. Au retour, je le vis préoccupé : il pensait peut-être qu'effectivement Elsa était jeune et Cyril aussi ; et qu'en épousant une femme de son âge, il échappait à cette catégorie des hommes sans date de naissance dont il faisait partie. J'eus un involontaire sentiment de triomphe. Quand je vis chez Anne les petites rides au coin des yeux, le léger pli de la bouche, je m'en voulus. Mais il était tellement facile de suivre mes impulsions et de me repentir ensuite...

Une semaine passa. Cyril et Elsa, ignorants de la marche de leurs affaires, devaient m'attendre chaque jour. Je n'osais pas y aller, ils m'auraient encore extorqué des idées et je n'y tenais pas. D'ailleurs, l'après-midi je montais dans ma chambre, soi-disant pour y travailler. En fait, je n'y faisais rien : j'avais trouvé un livre Yoga et m'y attelais avec grande conviction, prenant parfois toute seule des fous rires terribles et silencieux car je craignais qu'Anne ne m'entende. Je lui disais, en effet, que je travaillais d'arrache-pied ; je jouais un peu avec elle à l'amoureuse déçue qui puise sa consolation dans l'espoir d'être un jour une licenciée accomplie. J'avais l'impression qu'elle m'en estimait et il m'arrivait de citer Kant à table, ce qui désespérait visiblement mon père.

Un après-midi, je m'étais enveloppée de serviettes de bain pour avoir l'air plus hindou, j'avais posé mon pied droit sur ma cuisse gauche et je me regardais fixement dans la glace, non avec complaisance mais dans l'espoir d'atteindre l'état supérieur du Yogi, lorsqu'on frappa. Je supposai que c'était la femme de chambre et comme elle ne s'inquiétait de rien, je lui criai d'entrer.

C'était Anne. Elle resta une seconde figée sur le pas de la porte et sourit :

« A quoi jouez-vous ?

— Au Yoga, dis-je. Mais ce n'est pas un jeu, c'est une philosophie hindoue. »

Elle s'approcha de la table et prit mon livre. Je commençai à m'inquiéter. Il était ouvert à la page cent et les autres pages étaient couvertes d'inscriptions de ma main telles que « impraticable » ou « épuisant ».

« Vous êtes bien consciencieuse, dit-elle. Et cette fameuse dissertation sur Pascal dont vous nous avez tant parlé, qu'est-elle devenue ? »

Il était vrai qu'à table, je m'étais plu à disserter sur une phrase de Pascal en faisant semblant d'y avoir réfléchi et travaillé. Je n'en avais jamais écrit un mot, naturellement. Je restai immobile. Anne me regarda fixement et comprit :

« Que vous ne travailliez pas et fassiez le pantin devant la glace, c'est votre affaire ! dit-elle. Mais que vous vous complaisiez à nous mentir ensuite à votre père et moi-même, c'est plus fâcheux. D'ailleurs, vos subites activités intellectuelles m'étonnaient… »

Elle sortit et je restai pétrifiée dans mes serviettes de bain ; je ne comprenais pas qu'elle appelât ça « mensonges ». J'avais parlé de dissertations pour lui faire plaisir et, brusquement, elle m'accablait de son mépris. Je m'étais habituée à sa nouvelle attitude envers moi et la forme calme, humiliante de son dédain me transportait de colère. Je quittai mon déguisement, passai un pantalon, un vieux chemisier et sortis en courant. La chaleur était torride mais je me mis à courir, poussée par une sorte de rage, d'autant plus violente que je n'étais pas sûre de ne pas avoir honte. Je courus jusque chez Cyril, m'arrêtai sur le seuil de la villa, haletante. Dans la chaleur de l'après-midi, les maisons semblaient étrangement profondes, silencieuses et repliées sur leurs secrets. Je montai jusqu'à la chambre de Cyril, il me l'avait montrée le jour que nous étions allés voir sa mère. J'ouvris la porte : il dormait, étendu en travers de son lit, la joue sur son bras. Je le regardai, une minute : pour la première fois, il m'apparaissait désarmé et attendrissant ; je l'appelai à voix basse ; il ouvrit les yeux et se redressa aussitôt en me voyant :

« Toi ? Comment es-tu ici ? »

Je lui fis signe de ne pas parler si fort ; si sa mère arrivait et me trouvait dans la chambre de son fils, elle pourrait croire... et d'ailleurs qui ne croirait pas... Je me sentis prise de panique et me dirigeai vers la porte.

« Mais où vas-tu ? cria Cyril. Reviens... Cécile. »

Il m'avait rattrapée par le bras et me retenait en riant. Je me retournai vers lui et le regardai ; il devint pâle comme je devais l'être moi-même et lâcha mon poignet. Mais ce fut pour me reprendre aussitôt dans ses bras et m'entraîner. Je pensais confusément : cela devait arriver, cela devait arriver. Puis ce fut la ronde de l'amour : la peur qui donne la main au désir, la tendresse et la rage, et cette souffrance brutale que suivait, triomphant, le plaisir. J'eus la chance — et Cyril la douceur nécessaire — de le découvrir dès ce jour-là.

Je restai près de lui une heure, étourdie et étonnée. J'avais toujours entendu parler de l'amour comme d'une chose facile ; j'en avais parlé moi-même crûment, avec l'ignorance de mon âge et il me semblait que jamais plus je ne pourrais en parler ainsi, de cette manière détachée et brutale. Cyril, étendu contre moi, parlait de m'épouser, de me garder contre lui toute sa vie. Mon silence l'inquiétait : je me redressai, le regardai et je l'appelai « mon amant ». Il se pencha. J'appuyai ma bouche sur la veine qui battait encore à son cou, je murmurais « mon chéri, Cyril, mon chéri ». Je ne sais pas si c'était de l'amour que j'avais pour lui en ce moment — j'ai toujours été inconstante et je ne tiens pas à me croire autre que je ne suis — mais en ce moment je l'aimais plus que moi-même, j'aurais donné ma vie pour lui. Il me demanda, quand je partis, si je lui en voulais et cela me fit rire. Lui en vouloir de ce bonheur !...

Je revins à pas lents, épuisée et engourdie, dans les pins ; j'avais demandé à Cyril de ne pas m'accompagner, c'eût été trop dangereux. Je craignais que l'on ne pût lire sur mon visage les signatures éclatantes du plaisir, en ombres sous mes yeux, en relief sur ma bouche, en tremblements. Devant la maison, sur une chaise longue, Anne lisait. J'avais déjà de beaux mensonges pour justifier mon absence, mais elle ne me posa pas de questions, elle n'en posait jamais. Je m'assis donc près d'elle dans le silence, me souvenant que nous étions brouillées. Je restais immobile, les yeux mi-clos, attentive au rythme de ma respiration, au tremblement de mes doigts. De temps en temps, le souvenir du corps de Cyril, celui de certains instants, me vidait le cœur.

Je pris une cigarette sur la table, frottai une allumette sur la boîte. Elle s'éteignit. J'en allumai une seconde avec précaution car il n'y avait pas de vent et seule, ma main tremblait. Elle s'éteignit aussitôt contre ma cigarette. Je grognai et en pris une troisième. Et alors, je ne sais pourquoi, cette allumette prit pour moi une importance vitale. Peut-être parce que Anne, subitement arrachée à son indifférence, me regardait sans sourire, avec attention. A ce moment-là, le décor, le temps disparurent, il n'y eut plus que cette allumette, mon doigt dessus, la boîte grise et le regard d'Anne. Mon cœur s'affola, se mit à battre à grands coups, je crispai mes doigts sur l'allumette, elle flamba et tandis que je tendais avidement mon visage vers elle, ma cigarette la coiffa et l'éteignit. Je laissai tomber la boîte par terre, fermai les yeux. Le regard dur, interrogateur d'Anne pesait sur moi. Je suppliai quelqu'un de quelque chose, que cette attente cessât. Les mains d'Anne relevèrent mon visage, je serrais les paupières de peur qu'elle ne vît mon regard. Je sentais des larmes d'épuisement, de maladresse, de plaisir s'en échapper. Alors, comme si elle renonçait à toute question, en un geste d'ignorance, d'apaisement, Anne descendit ses mains sur mon visage, me relâcha. Puis elle me mit une cigarette allumée dans la bouche et se replongea dans son livre.

J'ai donné un sens symbolique à ce geste, j'ai essayé de lui en donner un. Mais aujourd'hui, quand je manque une allumette, je retrouve cet instant étrange, ce fossé entre mes gestes et moi, le poids du regard d'Anne et ce vide autour, cette intensité du vide...

CHAPITRE V

Cet incident dont je viens de parler ne devait pas être sans conséquences. Comme certains êtres très mesurés dans leurs réactions, très sûrs d'eux, Anne ne tolérait pas les compromissions. Or, ce geste qu'elle avait eu, ce relâchement tendre de ses mains dures autour de mon visage en était une pour elle. Elle avait deviné quelque chose, elle aurait pu me le faire avouer et, au dernier moment, elle s'était abandonnée à la pitié ou à l'indifférence. Car elle avait autant de difficultés à s'occuper de moi, à me dresser, qu'à admettre mes défaillances. Rien ne la poussait à ce rôle de tuteur, d'éducatrice, si ce n'est le sentiment de son devoir ; en épousant mon père, elle se chargeait en même temps de moi. J'aurais préféré que cette constante désapprobation, si je puis dire, relevât de l'agacement ou d'un sentiment plus à fleur de peau : l'habitude en eût eu rapidement raison ; on s'habitue aux défauts des autres quand on ne croit pas de son devoir de les corriger. Dans six mois, elle n'aurait plus éprouvé à mon égard que de la lassitude, une lassitude affectueuse ; c'est exactement ce qu'il m'aurait fallu. Mais elle ne l'éprouverait pas ; car elle se sentirait responsable de moi et, en un sens, elle le serait, puisque j'étais encore essentiellement malléable. Malléable et entêtée.

Elle s'en voulut donc et me le fit sentir. Quelques jours après, au dîner et toujours au sujet de ces insupportables devoirs de vacances, une discussion s'éleva. Je fus un peu trop désinvolte, mon père lui-même s'en offusqua et finalement Anne m'enferma à clef dans ma chambre, tout cela sans avoir prononcé un mot plus haut que l'autre. Je ne savais pas ce qu'elle avait fait et comme j'avais soif, je me dirigeai vers la porte et essayai de l'ouvrir ; elle résista et je compris qu'elle était fermée. Je n'avais jamais été enfermée de ma vie : la panique me prit, une véritable panique. Je courus à la fenêtre, il n'y avait aucun moyen de sortir par là. Je me retournai, véritablement affolée, je me jetai sur la porte et me fis très mal à l'épaule. J'essayai de fracturer la serrure, les dents serrées, je ne voulais pas crier qu'on vînt m'ouvrir. J'y laissai ma pince à ongles. Alors je restai au milieu de la pièce, debout, les mains vides. Parfaitement immobile, attentive à l'espèce de calme, de paix qui montait en moi à mesure que mes pensées se précisaient

C'était mon premier contact avec la cruauté : je la sentais se nouer en moi, se resserrer au fur et à mesure de mes idées. Je m'allongeai sur mon lit, je bâtis soigneusement un plan. Ma férocité était si peu proportionnée à son prétexte que je me levai deux ou trois fois dans l'après-midi pour sortir de la chambre et que je me heurtai à la porte avec étonnement.

A six heures, mon père vint m'ouvrir. Je me levai machinalement quand il entra dans la pièce. Il me regarda sans rien dire et je lui souris, aussi machinalement.

« Veux-tu que nous parlions ? demanda-t-il.

— De quoi ? dis-je. Tu as horreur de ça et moi aussi. Ce genre d'explications qui ne mènent à rien...

— C'est vrai. » Il semblait soulagé. « Il faut que tu sois gentille avec Anne, patiente. »

Ce terme me surprit : moi, patiente avec Anne... Il renversait le problème. Au fond, il considérait Anne comme une femme qu'il imposait à sa fille. Plus que le contraire. Tous les espoirs étaient permis.

« J'ai été désagréable, dis-je. Je vais m'excuser auprès d'Anne.

— Es-tu... euh... es-tu heureuse ?

— Mais, oui, dis-je légèrement. Et puis, si nous nous tiraillons un peu trop avec Anne, je me marierai un peu plus tôt, c'est tout. »

Je savais que cette solution ne manquerait pas de le faire souffrir.

« Ce n'est pas une chose à envisager. Tu n'es pas Blanche-Neige... Tu supporterais de me quitter si tôt ? Nous n'aurions vécu que deux ans ensemble. »

Cette pensée m'était aussi insupportable qu'à lui. J'entrevis le moment où j'allais pleurer contre lui, parler du bonheur perdu et de sentiments excessifs. Je ne pouvais en faire un complice.

« J'exagère beaucoup, tu sais. Anne et moi, nous nous entendons bien, en somme. Avec des concessions mutuelles...

— Oui, dit-il, bien sûr. »

Il devait penser comme moi que les concessions ne seraient probablement pas réciproques, mais viendraient de ma seule personne.

« Tu comprends, dis-je, je me rends très bien compte qu'Anne a toujours raison. Sa vie est beaucoup plus réussie que la nôtre, beaucoup plus lourde de sens... »

Il eut un petit mouvement involontaire de protestation, mais je passai outre :

« ... D'ici un mois ou deux, j'aurai assimilé complètement les idées d'Anne ; il n'y aura plus de discussions stupides entre nous. Seulement il faut un peu de patience. »

Il me regardait, visiblement dérouté.

Effrayé aussi : il perdait une complice pour ses incartades futures, il perdait aussi un peu un passé.

« Il ne faut rien exagérer, dit-il faiblement. Je reconnais que je t'ai fait mener une vie qui n'était peut-être pas de ton âge ni… euh, du mien, mais ce n'était pas non plus une vie stupide ou malheureuse… non. Au fond, nous n'avons pas été trop… euh… tristes, non, désaxés, pendant ces deux ans. Il ne faut pas tout renier comme ça parce que Anne a une conception un peu différente des choses.

— Il ne faut pas renier, mais il faut abandonner, dis-je avec conviction.

— Evidemment », dit le pauvre homme, et nous descendîmes.

Je fis sans aucune gêne mes excuses à Anne. Elle me dit qu'elles étaient inutiles et que la chaleur devait être à l'origine de notre dispute. Je me sentais indifférente et gaie.

Je retrouvai Cyril dans le bois de pins, comme convenu ; je lui dis ce qu'il fallait faire. Il m'écouta avec un mélange de crainte et d'admiration. Puis il me prit dans ses bras, mais il était trop tard, je devais rentrer. La difficulté que j'eus à me séparer de lui m'étonna. S'il avait cherché des liens pour me retenir, il les avait trouvés. Mon corps le reconnaissait, se retrouvait lui-même, s'épanouissait contre le sien. Je

l'embrassai passionnément, je voulais lui faire mal, le marquer pour qu'il ne m'oublie pas un instant de la soirée, qu'il rêve de moi, la nuit. Car la nuit serait interminable sans lui, sans lui contre moi, sans son habileté, sans sa fureur subite et ses longues caresses.

CHAPITRE VI

Le lendemain matin, j'emmenai mon père se promener avec moi sur la route. Nous parlions de choses insignifiantes, avec gaieté. En revenant vers la villa, je lui proposai de rentrer par le bois de pins. Il était dix heures et demie exactement, j'étais à l'heure. Mon père marchait devant moi, car le chemin était étroit et plein de ronces qu'il écartait au fur et à mesure pour que je ne m'y griffe pas les jambes. Quand je le vis s'arrêter, je compris qu'il les avait vus. Je vins près de lui. Cyril et Elsa dormaient, allongés sur les aiguilles de pins, donnant tous les signes d'un bonheur champêtre ; je le leur avais bien recommandé, mais quand je les vis ainsi, je me sentis déchirée. L'amour d'Elsa pour mon père, l'amour de Cyril pour moi, pouvaient-ils empêcher qu'ils soient également beaux, également jeunes et si près l'un de l'autre... Je jetai un coup d'œil à mon père, il les regardait sans bouger, avec une fixité, une pâleur anormales. Je lui pris le bras :

« Ne les réveillons pas, partons. »

Il jeta un dernier coup d'œil à Elsa. Elsa renversée en arrière dans sa jeune beauté, toute dorée et rousse, un léger sourire aux lèvres, celui de la jeune nymphe, enfin rattrapée... Il tourna les talons et se mit à marcher à grands pas.

« La garce, murmurait-il, la garce !

— Pourquoi dis-tu ça ? Elle est libre, non ?

— Ce n'est pas ça ! Tu as trouvé agréable de voir Cyril dans ses bras ?

— Je ne l'aime plus, dis-je.

— Moi non plus, je n'aime pas Elsa, cria-t-il furieux. Mais ça me fait quelque chose quand même. Il faut dire que j'avais, euh... vécu avec elle ! C'est bien pire... »

Je le savais, que c'était pire ! Il avait dû ressentir la même envie que moi : se précipiter, les séparer, reprendre son bien, ce qui avait été son bien.

« Si Anne t'entendait !...

— Quoi ? Si Anne m'entendait ?... Evidemment, elle ne comprendrait pas, ou elle serait choquée, c'est normal. Mais toi ? Toi, tu es ma fille, non ? Tu ne me comprends plus, tu es choquée aussi ? »

Qu'il était facile pour moi de diriger ses pensées. J'étais un peu effrayée de le connaître si bien.

« Je ne suis pas choquée, dis-je. Mais enfin, il

faut voir les choses en face . Elsa a la mémoire courte, Cyril lui plaît, elle est perdue pour toi. Surtout après ce que tu lui as fait, c'est le genre de choses qu'on ne pardonne pas...

— Si je voulais, commença mon père, et il s'arrêta, effrayé...

— Tu n'y arriverais pas, dis-je avec conviction, comme s'il était naturel de discuter de ses chances de reconquérir Elsa.

— Mais je n'y pense pas, dit-il, retrouvant le sens commun.

— Bien sûr », dis-je avec un haussement d'épaules.

Ce haussement signifiait : « Impossible, mon pauvre, tu es retiré de la course. » Il ne me parla plus jusqu'à la maison. En rentrant, il prit Anne dans ses bras, la garda quelques instants contre lui, les yeux fermés. Elle se laissait faire, souriante, étonnée. Je sortis de la pièce et m'appuyai à la cloison du couloir, tremblante de honte.

A deux heures, j'entendis le léger sifflement de Cyril et descendis sur la plage. Il me fit aussitôt monter sur le bateau et prit la direction du large. La mer était vide, personne ne songeait à sortir par un soleil semblable. Une fois au large, il abaissa la voile et se tourna vers moi. Nous n'avions presque rien dit :

« Ce matin..., commença-t-il.

— Tais-toi, dis-je, oh! tais-toi... »

Il me renversa doucement sur la bâche. Nous étions inondés, glissants de sueur, maladroits et pressés ; le bateau se balançait sous nous régulièrement. Je regardais le soleil juste au-dessus de moi. Et soudain le chuchotement impérieux et tendre de Cyril... Le soleil se décrochait, éclatait, tombait sur moi. Où étais-je ? Au fond de la mer, au fond du temps, au fond du plaisir... J'appelais Cyril à voix haute, il ne me répondait pas, il n'avait pas besoin de me répondre.

La fraîcheur de l'eau salée ensuite. Nous riions ensemble, éblouis, paresseux, reconnaissants. Nous avions le soleil et la mer, le rire et l'amour, les retrouverions-nous jamais comme cet été-là, avec cet éclat, cette intensité que leur donnaient la peur et les autres remords ?...

J'éprouvais, en dehors du plaisir physique et très réel que me procurait l'amour, une sorte de plaisir intellectuel à y penser. Les mots « faire l'amour » ont une séduction à eux, très verbale, en les séparant de leur sens. Ce terme de « faire », matériel et positif, uni à cette abstraction poétique du mot « amour », m'enchantait, j'en avais parlé avant sans la moindre pudeur, sans la moindre gêne et sans en remarquer la saveur. Je me sentais à présent devenir pudique. Je baissais les yeux quand mon père regardait Anne un peu fixement, quand elle riait de ce nouveau petit rire bas, indécent, qui nous faisait pâlir, mon père et moi, et regarder par la fenêtre. Eussions-nous dit à Anne que son rire était tel, qu'elle ne nous eût pas crus. Elle ne se comportait pas en maîtresse avec mon père, mais en amie, en tendre amie. Mais la nuit, sans doute... Je m'interdisais de semblables pensées, je détestais les idées troubles.

Les jours passèrent. J'oubliais un peu Anne, et mon père et Elsa. L'amour me faisait vivre les yeux ouverts, dans la lune, aimable et tranquille. Cyril me demanda si je ne craignais pas d'avoir d'enfant. Je lui dis que je m'en remettais à lui et il sembla trouver cela naturel. Peut-être était-ce pour cela que je m'étais si facilement donnée à lui : parce qu'il ne me laisserait pas être responsable et que si j'avais un enfant, ce serait lui le coupable. Il prenait ce que je ne pouvais supporter de prendre : les responsabilités. D'ailleurs je me voyais si mal enceinte avec le corps mince et dur que j'avais... Pour une fois, je me félicitai de mon anatomie d'adolescente.

Mais Elsa s'impatientait. Elle me questionnait sans cesse. J'avais toujours peur d'être surprise en sa compagnie ou en celle de Cyril. Elle s'arrangeait pour être toujours en présence de mon père, elle le croisait partout. Elle se félicitait alors de victoires imaginaires, des élans refoulés que, disait-elle, il ne pouvait cacher. Je m'étonnais de voir cette fille, si près en somme de l'amour-argent, par son métier, devenir si romanesque, si excitée par des détails tels qu'un regard, un mouvement, elle formée aux précisions des hommes pressés. Il est vrai qu'elle n'était pas habituée à un rôle subtil et que celui qu'elle jouait devait lui paraître le comble du raffinement psychologique.

Si mon père devenait peu à peu obsédé par Elsa, Anne ne semblait pas s'en apercevoir. Il était plus tendre, plus empressé que jamais et cela me faisait peur, car j'imputais son attitude à d'inconscients remords. Le principal était qu'il ne se passât rien pendant encore trois semaines. Nous rentrerions à Paris, Elsa de son côté et, s'ils y étaient encore décidés, mon père et Anne se marieraient. A Paris, il y aurait Cyril et, de même qu'elle n'avait pu m'empêcher de l'aimer ici, Anne ne pourrait m'empêcher de le voir. A Paris, il avait une chambre, loin de sa mère. J'imaginais déjà la fenêtre ouverte sur les ciels bleu et rose, les ciels extraordinaires de Paris, le roucoulement des pigeons sur la barre d'appui, et Cyril et moi sur le lit étroit...

CHAPITRE VII

A quelques jours de là, mon père reçut un mot d'un de nos amis lui fixant rendez-vous à Saint-Raphaël pour prendre l'apéritif. Il nous en fit part aussitôt, enchanté de s'évader un peu de cette solitude volontaire et un peu forcée où nous vivions. Je déclarai donc à Elsa et à Cyril que nous serions au bar du Soleil à sept heures et que, s'ils voulaient venir, ils nous y verraient. Par malchance, Elsa connaissait l'ami en question, ce qui redoubla son désir de venir. J'entrevis des complications et essayai de la dissuader. Peine perdue.

« Charles Webb m'adore, dit-elle avec une simplicité enfantine. S'il me voit, il ne pourra que pousser Raymond à me revenir. »

Cyril se moquait d'aller ou non à Saint-Raphaël. Le principal pour lui était d'être où j'étais. Je le vis à son regard et je ne pus m'empêcher d'en être fière.

L'après-midi donc, vers six heures, nous partîmes en voiture. Anne nous emmena dans la sienne. J'aimais sa voiture : c'était une lourde américaine décapotable qui convenait plus à sa publicité qu'à ses goûts. Elle correspondait aux miens, pleine d'objets brillants, silencieuse et loin du monde, penchant dans les virages. De plus, nous étions tous les trois devant et nulle part comme dans une voiture, je ne me sentais en amitié avec quelqu'un. Tous les trois devant, les coudes un peu serrés, soumis au même plaisir de la vitesse et du vent, peut-être à une même mort. Anne conduisait, comme pour symboliser la famille que nous allions former. Je n'étais pas remontée dans sa voiture depuis la soirée de Cannes, ce qui me fit rêver.

Au bar du Soleil, nous retrouvâmes Charles Webb et sa femme. Il s'occupait de publicité théâtrale, sa femme de dépenser l'argent qu'il gagnait, cela à une vitesse affolante et pour de jeunes hommes. Il était absolument obsédé par la pensée de joindre les deux bouts, il courait sans cesse après l'argent. D'où son côté inquiet, pressé, qui avait quelque chose d'indécent. Il avait été longtemps l'amant d'Elsa, car elle n'était pas, malgré sa beauté, une femme particulièrement avide et sa nonchalance sur ce point lui plaisait.

Sa femme, elle, était méchante. Anne ne la connaissait pas et je vis rapidement son beau visage prendre cet air méprisant et moqueur qui, dans le monde, lui était coutumier. Charles Webb parlait beaucoup, comme d'habitude, tout en jetant à Anne des regards inquisiteurs. Il se demandait visiblement ce qu'elle faisait avec ce coureur de Raymond et sa fille. Je me sentais pleine d'orgueil à l'idée qu'il allait bientôt le savoir. Mon père se pencha un peu vers lui comme il reprenait haleine et déclara abruptement :

« J'ai une nouvelle, mon vieux. Anne et moi, nous nous marions le 5 octobre. »

Il les regarda successivement l'un et l'autre, parfaitement hébété. Je me réjouissais. Sa femme était déconcertée : elle avait toujours eu un faible pour mon père.

« Mes compliments, cria Webb enfin, d'une voix de stentor... Mais c'est une idée magnifique ! Ma chère madame, vous vous chargez d'un voyou pareil, vous êtes sublime !... Garçon !... Nous devons fêter ça. »

Anne souriait, dégagée et tranquille. Je vis alors le visage de Webb s'épanouir et je ne me retournai pas :

« Elsa ! Mon Dieu, c'est Elsa Mackenbourg, elle ne m'a pas vu. Raymond, tu as vu comme cette fille est devenue belle ?...

— N'est-ce pas », dit mon père comme un heureux propriétaire.

Puis il se souvint et son visage changea.

Anne ne pouvait pas ne pas remarquer l'intonation de mon père. Elle détourna son visage d'un mouvement rapide, de lui vers moi. Comme elle ouvrait la bouche pour dire n'importe quoi, je me penchai vers elle :

« Anne, votre élégance fait des ravages ; il y a un homme là-bas qui ne vous quitte pas des yeux. »

Je l'avais dit sur un ton confidentiel, c'est-à-dire assez haut pour que mon père l'entendît. Il se retourna aussitôt vivement et aperçut l'homme en question.

« Je n'aime pas ça, dit-il, et il prit la main d'Anne.

— Qu'ils sont gentils ! s'émut ironiquement Mme Webb. Charles, vous n'auriez pas dû les déranger, ces amoureux, il aurait suffi d'inviter la petite Cécile.

— La petite Cécile ne serait pas venue, répondis-je sans ménagement.

— Et pourquoi donc ? Vous avez des amoureux parmi les pêcheurs ? »

Elle m'avait vue une fois en conversation avec un receveur d'autobus sur un banc et me traitait depuis comme une déclassée, comme ce qu'elle appelait « une déclassée ».

« Eh oui, dis-je avec effort pour paraître gaie.

— Et vous pêchez beaucoup ? »

Le comble était qu'elle se croyait drôle. Peu à peu, la colère me gagnait.

« Je ne suis pas spécialisée dans le maquereau, dis-je, mais je pêche. »

Il y eut un silence. La voix d'Anne s'éleva, toujours aussi posée :

« Raymond, voulez-vous demander une paille au garçon ? C'est indispensable avec les oranges pressées. »

Charles Webb enchaîna rapidement sur les boissons rafraîchissantes. Mon père avait le fou rire, je le vis à sa manière de s'absorber dans son verre. Anne me lança un regard suppliant. On décida aussitôt de dîner ensemble comme les gens qui ont failli se brouiller.

Je bus beaucoup pendant le dîner. Il me fallait oublier d'Anne son expression inquiète quand elle fixait mon père ou vaguement reconnaissante quand ses yeux s'attardaient sur moi. Je regardais la femme de Webb avec un sourire épanoui dès qu'elle me lançait une pointe. Cette tactique la déconcertait. Elle devint rapidement agressive. Anne me faisait signe de ne pas broncher. Elle avait horreur des scènes publiques et sentait Mme Webb prête à en faire une. Pour ma part, j'y étais habituée, c'était chose courante dans notre milieu. Aussi n'étais-je nullement tendue en l'écoutant parler.

Après avoir dîné, nous allâmes dans une boîte

de Saint-Raphaël. Peu de temps après notre arrivée, Elsa et Cyril arrivèrent. Elsa s'arrêta sur le seuil de la porte, parla très fort à la dame du vestiaire et, suivie du pauvre Cyril, s'engagea dans la salle. Je pensai qu'elle se conduisait plus comme une grue que comme une amoureuse, mais elle était assez belle pour se le permettre.

« Qui est ce godelureau ? demanda Charles Webb. Il est bien jeune.

— C'est l'amour, susurra sa femme. L'amour lui réussit...

— Pensez-vous ! dit mon père avec violence. C'est une toquade, oui. »

Je regardai Anne. Elle considérait Elsa avec calme, détachement, comme elle regardait les mannequins qui présentaient ses collections ou les femmes très jeunes. Sans aucune acrimonie. Je l'admirai un instant passionnément pour cette absence de mesquinerie, de jalousie. Je ne comprenais pas d'ailleurs qu'elle eût à être jalouse d'Elsa. Elle était cent fois plus belle, plus fine qu'Elsa. Comme j'étais ivre, je le lui dis. Elle me regarda curieusement.

« Que je suis plus belle qu'Elsa ? Vous trouvez ?

— Sans aucun doute !

— C'est toujours agréable. Mais vous buvez trop, une fois de plus. Donnez-moi votre verre. Vous n'êtes pas trop triste de voir votre Cyril là-bas ? D'ailleurs, il s'ennuie.

— C'est mon amant, dis-je gaiement.

— Vous êtes complètement ivre ! Il est l'heure de rentrer, heureusement ! »

Nous quittâmes les Webb avec soulagement. J'appelai Mme Webb « chère madame » avec componction. Mon père prit le volant, ma tête bascula sur l'épaule d'Anne.

Je pensais que je la préférais aux Webb et à tous ces gens que nous voyions d'habitude. Qu'elle était mieux, plus digne, plus intelligente. Mon père parlait peu. Sans doute revoyait-il l'arrivée d'Elsa.

« Elle dort ? demanda-t-il à Anne.

— Comme une petite fille. Elle s'est relativement bien tenue. Sauf l'allusion aux maquereaux, qui était un peu directe... »

Mon père se mit à rire. Il y eut un silence. Puis j'entendis à nouveau la voix de mon père.

« Anne, je vous aime, je n'aime que vous. Le croyez-vous ?

— Ne me le dites pas si souvent, cela me fait peur...

— Donnez-moi la main. »

Je faillis me redresser et protester : « Non, pas en conduisant sur une corniche. » Mais j'étais un peu ivre, le parfum d'Anne, le vent de la mer dans mes cheveux, la petite écorchure que m'avait faite Cyril sur l'épaule pendant que nous nous aimions, autant de raisons d'être heureuse et de me taire. Je m'endormais. Pendant ce temps, Elsa et le pauvre Cyril devaient se mettre péniblement en route sur la motocyclette que lui avait offerte sa mère pour son dernier anniversaire. Je ne sais pourquoi cela m'émut aux larmes. Cette voiture était si douce, si bien suspendue, si faite pour le sommeil... Le sommeil, Mme Webb ne devait pas le trouver en ce moment ! Sans doute, à son âge, je paierai aussi des jeunes gens pour m'aimer parce que l'amour est la chose la plus douce et la plus vivante, la plus raisonnable. Et que le prix importe peu. Ce qui importait, c'était de ne pas devenir aigrie et jalouse, comme elle l'était d'Elsa et d'Anne. Je me mis à rire tout bas. L'épaule d'Anne se creusa un peu plus. « Dormez », dit-elle avec autorité. Je m'endormis.

CHAPITRE VIII

Le lendemain, je me réveillai parfaitement bien, à peine fatiguée, la nuque un peu endolorie par mes excès. Comme tous les matins le soleil baignait mon lit ; je repoussai mes draps, ôtai ma veste de pyjama et offris mon dos nu au soleil. La joue sur mon bras replié, je voyais au premier plan le gros grain du drap de toile et, plus loin, sur le carrelage, les hésitations d'une mouche. Le soleil était doux et chaud, il me semblait qu'il faisait affleurer mes os sous la peau, qu'il prenait un soin spécial à me réchauffer. Je décidai de passer la matinée ainsi, sans bouger.

La soirée de la veille se précisait peu à peu dans ma mémoire. Je me souvins d'avoir dit à Anne que Cyril était mon amant et cela me fit rire : quand on est ivre, on dit la vérité et personne ne vous croit. Je me souvins aussi de Mme Webb et de mon altercation avec elle ; j'étais accoutumée à ce genre de femmes : dans ce milieu et à cet âge, elles étaient souvent odieuses à force d'inactivité et de désir de vivre. Le calme d'Anne m'avait fait la juger encore plus atteinte et ennuyeuse que d'habitude. C'était d'ailleurs à prévoir ; je voyais mal qui pourrait, parmi les amies de mon père, soutenir longtemps la comparaison avec Anne. Pour passer des soirées agréables avec ces gens, il fallait soit être un peu ivre et prendre plaisir à se disputer avec eux, soit entretenir des relations intimes avec l'un ou l'autre des conjoints. Pour mon père, c'était plus simple : Charles Webb et lui-même étaient chasseurs. « Devine qui dîne et dort avec moi ce soir? La petite Mars, du film de Saurel. Je rentrais chez Dupuis et... » Mon père riait et lui tapait sur l'épaule : « Heureux homme! Elle est presque aussi belle qu'Elise. » Des propos de collégiens. Ce qui me les rendait agréables, c'était l'excitation, la flamme que tous deux y mettaient. Et même, pendant des soirées interminables, aux terrasses des cafés, les tristes confidences de Lombard : « Je n'aimais qu'elle, Raymond! Tu te rappelles ce printemps, avant qu'elle parte... C'est bête, une vie d'homme pour une seule femme! » Cela avait un côté indécent, humiliant mais chaleureux, deux hommes qui se livrent l'un à l'autre devant un verre d'alcool.

Les amis d'Anne ne devaient jamais parler d'eux-mêmes. Sans doute ne connaissaient-ils pas ce genre d'aventures. Ou bien même s'ils en parlaient, ce devait être en riant par pudeur. Je me sentais prête à partager avec Anne cette condescendance qu'elle aurait pour nos relations, cette condescendance aimable et contagieuse... Cependant je me voyais moi-même à trente ans, plus semblable à nos amis qu'à Anne. Son silence, son indifférence, sa réserve m'étoufferaient. Au contraire, dans quinze ans, un peu blasée, je me pencherais vers un homme séduisant, un peu las lui aussi :

« Mon premier amant s'appelait Cyril. J'avais près de dix-huit ans, il faisait chaud sur la mer... »

Je me plus à imaginer le visage de cet homme. Il aurait les mêmes petites rides que mon père. On frappa à la porte. J'enfilai précipitamment ma veste de pyjama et criai : « Entrez ! » C'était Anne, elle tenait précautionneusement une tasse :

« J'ai pensé que vous auriez besoin d'un peu de café... Vous ne vous sentez pas trop mal ?

— Très bien, dis-je. J'étais un peu partie, hier soir, je crois.

— Comme chaque fois qu'on vous sort... » Elle se mit à rire. « Mais je dois dire que vous m'avez distraite. Cette soirée était longue. »

Je ne faisais plus attention au soleil, ni même au goût du café. Quand je parlais avec Anne, j'étais parfaitement absorbée, je ne me voyais plus exister et pourtant elle seule me mettait toujours en question, me forçait à me juger. Elle me faisait vivre des moments intenses et difficiles.

« Cécile, vous amusez-vous avec ce genre de gens, les Webb ou les Dupuis ?

— Je trouve leurs façons assommantes pour la plupart, mais eux sont drôles. »

Elle regardait aussi la démarche de la mouche sur le sol. Je pensai que la mouche devait être infirme. Anne avait des paupières longues et lourdes, il lui était facile d'être condescendante.

« Vous ne saisissez jamais à quel point leur conversation est monotone et... comment dirais-je ?... lourde. Ces histoires de contrats, de filles, de soirées, ça ne vous ennuie jamais ?

— Vous savez, dis-je, j'ai passé dix ans dans un couvent et comme ces gens n'ont pas de mœurs, cela me fascine encore. »

Je n'osais ajouter que ça me plaisait.

« Depuis deux ans, dit-elle... Ce n'est pas une question de raisonnement, d'ailleurs, ni de morale, c'est une question de sensibilité, de sixième sens... »

Je ne devais pas l'avoir. Je sentais clairement que quelque chose me manquait à ce sujet-là.

« Anne, dis-je brusquement, me croyez-vous intelligente ? »

Elle se mit à rire, étonnée de la brutalité de ma question :

« Mais bien sûr, voyons ! Pourquoi me demandez-vous cela ?

— Si j'étais idiote, vous me répondriez de la même façon, soupirai-je. Vous me donnez cette impression souvent de me dépasser...

— C'est une question d'âge, dit-elle. Il serait très ennuyeux que je n'aie pas un peu plus d'assurance que vous. Vous m'influenceriez ! »

Elle éclata de rire. Je me sentis vexée :

« Ce ne serait pas forcément un mal.

— Ce serait une catastrophe », dit-elle.

Elle quitta brusquement ce ton léger pour me regarder bien en face dans les yeux. Je bougeai un peu, mal à l'aise. Même aujourd'hui, je ne puis m'habituer à cette manie qu'ont les gens de vous regarder fixement quand ils vous parlent ou de venir tout près de vous pour être bien sûrs que vous les écoutiez. Faux calcul d'ailleurs car dans ces cas-là, je ne pense plus qu'à m'échapper, à reculer, je dis « oui, oui », je multiplie les manœuvres pour changer de pied et fuir à l'autre bout de la pièce ; une rage me prend devant leur insistance, leur indiscrétion, ces prétentions à l'exclusivité. Anne, heureusement, ne se croyait pas obligée de m'accaparer ainsi, mais elle se bornait à me regarder sans détourner les yeux et ce ton distrait, léger, que j'affectionnais pour parler, me devenait difficile à garder.

« Savez-vous comment finissent les hommes de la race des Webb ? »

Je pensai intérieurement « et de mon père ».

« Dans le ruisseau, dis-je gaiement.

— Il arrive un âge où ils ne sont plus séduisants, ni “en forme”, comme on dit. Ils ne peuvent plus boire et ils pensent encore aux femmes ; seulement ils sont obligés de les payer, d'accepter des quantités de petites compromissions pour échapper à leur solitude. Ils sont bernés, malheureux. C'est ce moment qu'ils choisissent pour devenir sentimentaux et exigeants... J'en ai vu beaucoup devenir ainsi des sortes d'épaves.

— Pauvre Webb ! » dis-je.

J'étais désemparée. Telle était la fin qui menaçait mon père, c'était vrai ! Du moins, la fin qui l'eût menacé si Anne ne l'avait pris en charge.

« Vous n'y pensiez pas, dit Anne avec un petit sourire de commisération. Vous pensez peu au futur, n'est-ce pas ? C'est le privilège de la jeunesse.

— Je vous en prie, dis-je, ne me jetez pas ainsi ma jeunesse à la tête. Je m'en sers aussi peu que possible ; je ne crois pas qu'elle me donne droit à tous les privilèges ou à toutes les excuses. Je n'y attache pas d'importance.

— A quoi attachez-vous de l'importance ? A votre tranquillité, à votre indépendance ? »

Je craignais ces conversations, surtout avec Anne.

« A rien, dis-je. Je ne pense guère, vous savez.

— Vous m'agacez un peu, votre père et vous. "Vous ne pensez jamais à rien... vous n'êtes pas bons à grand-chose... vous ne savez pas..." Vous vous plaisez ainsi ?

— Je ne me plais pas. Je ne m'aime pas, je ne cherche pas à m'aimer. Il y a des moments où vous me forcez à me compliquer la vie, je vous en veux presque. »

Elle se mit à chantonner, l'air pensif ; je reconnaissais la chanson, mais je ne me rappelais plus ce que c'était.

« Quelle est cette chanson, Anne ? Ça m'énerve...

— Je ne sais pas. » Elle souriait à nouveau, l'air un peu découragé. « Restez au lit, reposez-vous, je vais poursuivre ailleurs mon enquête sur l'intellect de la famille. »

« Naturellement, pensais-je, pour mon père

c'était facile. » Je l'entendais d'ici : « Je ne pense à rien parce que je vous aime, Anne. » Si intelligente qu'elle fût, cette raison devait lui paraître valable. Je m'étirai longuement avec soin et me replongeai dans mon oreiller. Je réfléchissais beaucoup, malgré ce que j'avais dit à Anne. Au fond, elle dramatisait certainement ; dans vingt-cinq ans, mon père serait un aimable sexagénaire, à cheveux blancs, un peu porté sur le whisky et les souvenirs colorés. Nous sortirions ensemble. C'est moi qui lui raconterais mes frasques et lui me donnerait des conseils. Je me rendis compte que j'excluais Anne de ce futur ; je ne pouvais, je ne parvenais pas à l'y mettre. Dans cet appartement en pagaïe, tantôt désolé, tantôt envahi de fleurs, retentissant de scènes et d'accents étrangers, régulièrement encombré de bagages, je ne pouvais envisager l'ordre, le silence, l'harmonie qu'apportait Anne partout comme les plus précieux des biens. J'avais très peur de m'ennuyer à mourir ; sans doute craignais-je moins son influence depuis que j'aimais réellement et physiquement Cyril. Cela m'avait libérée de beaucoup de peurs. Mais je craignais l'ennui, la tranquillité plus que tout. Pour être intérieurement tranquilles, il nous fallait à mon père et à moi l'agitation extérieure. Et cela Anne ne saurait l'admettre.

CHAPITRE IX

Je parle beaucoup d'Anne et de moi-même et peu de mon père. Non que son rôle n'ait été le plus important dans cette histoire, ni que je ne lui accorde de l'intérêt. Je n'ai jamais aimé personne comme lui et de tous les sentiments qui m'animaient à cette époque, ceux que j'éprouvais pour lui étaient les plus stables, les plus profonds, ceux auxquels je tenais le plus. Je le connais trop pour en parler volontiers et je me sens trop proche. Cependant, c'est lui plus que tout autre que je devrais expliquer pour rendre sa conduite acceptable. Ce n'était ni un homme vain ni un homme égoïste. Mais il était léger, d'une légèreté sans remède. Je ne puis même pas en parler comme d'un homme incapable de sentiments profonds, comme d'un irresponsable. L'amour qu'il me portait ne pouvait être pris à la légère ni considéré comme une simple habitude de père. Il pouvait souffrir par moi plus que n'importe qui ; et moi-même, ce désespoir que j'avais touché un jour, n'était-ce pas uniquement parce qu'il avait eu ce geste d'abandon, ce regard qui se détournait ?... Il ne me faisait jamais passer après ses passions. Certains soirs, pour me raccompagner à la maison, il avait dû laisser échapper ce que Webb appelait « de très belles occasions ». Mais qu'en dehors de cela, il eût été livré à son bon plaisir, à l'inconstance, à la facilité, je ne puis le nier. Il ne réfléchissait pas. Il tentait de donner à toute chose une explication physiologique qu'il déclarait rationnelle : « Tu te trouves odieuse ? Dors plus, bois moins. » Il en était de même du désir violent qu'il ressentait parfois pour une femme, il ne songeait ni à le réprimer ni à l'exalter jusqu'à un sentiment plus complexe. Il était matérialiste, mais délicat, compréhensif et enfin très bon.

Ce désir qu'il avait d'Elsa le contrariait, mais non comme on pourrait le croire. Il ne se disait pas : « Je vais tromper Anne. Cela implique que je l'aime moins », mais : « C'est ennuyeux, cette envie que j'ai d'Elsa ! Il faudra que ça se fasse vite, ou je vais avoir des complications avec Anne. » De plus, il aimait Anne, il l'admirait, elle le changeait de cette suite de femmes frivoles et un peu sottes qu'il avait fréquentées ces dernières années. Elle satisfaisait à la fois sa vanité, sa sensualité et sa sensibilité, car elle le comprenait, lui offrait son intelligence et son expérience à confronter avec les siennes. Maintenant, qu'il se rendît compte de la gravité du sentiment qu'elle lui portait, j'en suis moins sûre ! Elle lui paraissait la maîtresse idéale, la mère idéale pour moi. Pensait-il : « l'épouse idéale », avec tout ce que ça entraîne d'obligations ? Je ne le crois pas. Je suis sûre qu'aux yeux de Cyril et d'Anne, il était comme moi anormal, affectivement parlant. Cela ne l'empêchait pas d'avoir une vie passionnante, parce qu'il la considérait comme banale et qu'il y apportait toute sa vitalité.

Je ne pensais pas à lui quand je formais le projet de rejeter Anne de notre vie ; je savais qu'il se consolerait comme il se consolait de tout : une rupture lui coûterait moins qu'une vie rangée, il n'était vraiment atteint et miné que par l'habitude et l'attendu, comme je l'étais moi-même. Nous étions de la même race, lui et moi ; je me disais tantôt que c'était la belle race pure des nomades, tantôt la race pauvre et desséchée des jouisseurs.

En ce moment il souffrait, du moins il s'exaspérait : Elsa était devenue pour lui le symbole de la vie passée, de la jeunesse, de sa jeunesse surtout. Je sentais qu'il mourait d'envie de dire à Anne : « Ma chérie, excusez-moi une journée ; il faut que j'aille me rendre compte auprès de cette fille que je ne suis pas un barbon. Il faut que je réapprenne la lassitude de son corps pour être tranquille. » Mais il ne pouvait le lui dire ; non parce que Anne était jalouse ou foncièrement vertueuse et intraitable sur ce sujet, mais parce qu'elle avait dû accepter de vivre avec lui sur les bases suivantes : que l'ère de la débauche facile était finie, qu'il n'était plus un collégien, mais un homme à qui elle confiait sa vie, et que par conséquent il avait à se tenir bien et non pas en pauvre homme, esclave de ses caprices. On ne pouvait le reprocher à Anne, c'était parfaitement normal et sain comme calcul, mais cela n'empêchait pas mon père de désirer Elsa. De la désirer peu à peu plus que n'importe quoi, de la désirer du double désir que l'on porte à la chose interdite.

Et sans doute, à ce moment-là, pouvais-je tout arranger. Il me suffisait de dire à Elsa de lui céder, et, sous un prétexte quelconque, d'emmener Anne avec moi à Nice ou ailleurs passer l'après-midi. Au retour, nous aurions trouvé mon père détendu et plein d'une nouvelle tendresse pour les amours légales ou qui, du moins, devaient le devenir dès la rentrée. Il y avait aussi ce point, que ne supporterait point Anne : avoir été une maîtresse comme les autres : provisoire. Que sa dignité, l'estime qu'elle avait d'elle-même nous rendaient la vie difficile !...

Mais je ne disais pas à Elsa de lui céder ni à Anne de m'accompagner à Nice. Je voulais que ce désir au cœur de mon père s'infestât et lui fît commettre une erreur. Je ne pouvais supporter le mépris dont Anne entourait notre vie passée, ce dédain facile pour ce qui avait été pour mon père, pour moi, le bonheur. Je voulais non pas l'humilier, mais lui faire accepter notre conception de la vie. Il fallait qu'elle sût que mon père l'avait trompée et qu'elle prît cela dans sa valeur objective, comme une passade toute physique, non comme une atteinte à sa valeur personnelle, à sa dignité. Si elle voulait à tout prix avoir raison, il fallait qu'elle nous laissât avoir tort.

Je faisais même semblant d'ignorer les tourments de mon père. Il ne fallait surtout pas qu'il se confiât à moi, qu'il me forçât à devenir sa complice, à parler à Elsa et écarter Anne. Je devais faire semblant de considérer son amour pour Anne comme sacré et la personne d'Anne elle-même. Et je dois dire que je n'y avais aucun mal. L'idée qu'il pût tromper Anne et l'affronter me remplissait de terreur et d'une vague admiration.

En attendant nous coulions des jours heureux : je multipliais les occasions d'exciter mon père sur Elsa. Le visage d'Anne ne me remplissait plus de remords. J'imaginais parfois qu'elle accepterait le fait et que nous aurions avec elle une vie aussi conforme à nos goûts qu'aux siens. D'autre part, je voyais souvent Cyril et nous nous aimions en cachette. L'odeur des pins, le bruit de la mer, le contact de son corps... Il commençait à se torturer de remords, le rôle que je lui faisais jouer lui déplaisait au possible, il ne l'acceptait que parce que je le lui faisais croire nécessaire à notre amour. Tout cela représentait beaucoup de duplicité, de silences intérieurs, mais si peu d'efforts, de mensonges! (Et seuls, je l'ai dit, mes actes me contraignaient à me juger moi-même.)

Je passe vite sur cette période, car je crains, à force de chercher, de retomber dans des souvenirs qui m'accablent moi-même. Déjà, il me suffit de penser au rire heureux d'Anne, à sa gentillesse avec moi et quelque chose me frappe, d'un mauvais coup bas, me fait mal, je m'essouffle contre moi-même. Je me sens si près de ce qu'on appelle la mauvaise conscience que je suis obligée de recourir à des gestes : allumer une cigarette, mettre un disque, téléphoner à un ami. Peu à peu, je pense à autre chose. Mais je n'aime pas cela, de devoir recourir aux déficiences de ma mémoire, à la légèreté de mon esprit, au lieu de les combattre. Je n'aime pas les reconnaître, même pour m'en féliciter.

CHAPITRE X

C'est drôle comme la fatalité se plaît à choisir pour la représenter des visages indignes ou médiocres. Cet été-là, elle avait pris celui d'Elsa. Un très beau visage, si l'on veut, attirant plutôt. Elle avait aussi un rire extraordinaire, communicatif et complet, comme seuls en ont les gens un peu bêtes.

Ce rire, j'en avais vite reconnu les effets sur mon père. Je le faisais utiliser au maximum par Elsa, quand nous devions la « surprendre » avec Cyril. Je lui disais : « Quand vous m'entendez arriver avec mon père, ne dites rien, mais riez. » Et alors, à entendre ce rire comblé, je découvrais sur le visage de mon père le passage de la fureur. Ce rôle de metteur en scène ne laissait pas de me passionner. Je ne manquais jamais mon coup, car quand nous voyions Cyril et Elsa ensemble, témoignant ouvertement de liens imaginaires, mais si parfaitement imaginables, mon père et moi pâlissions ensemble, le sang se retirait de mon visage comme du sien, attiré très loin par ce désir de possession pire que la douleur. Cyril, Cyril penché sur Elsa... Cette image me dévastait le cœur et je la mettais au point avec lui et Elsa sans en comprendre la force. Les mots sont faciles, liants ; et quand je voyais le contour du visage de Cyril, sa nuque brune et douce inclinée sur le visage offert d'Elsa, j'aurais donné n'importe quoi pour que cela ne fût pas. J'oubliais que c'était moi-même qui l'avais voulu.

En dehors de ces accidents, et comblant la vie quotidienne, il y avait la confiance, la douceur — j'ai du mal à employer ce terme —, le bonheur d'Anne. Plus près du bonheur, en effet, que je ne l'avais jamais vue, livrée à nous, les égoïstes, très loin de nos désirs violents et de mes basses petites manœuvres. J'avais bien compté sur cela : son indifférence, son orgueil l'écartaient instinctivement de toute tactique pour s'attacher plus étroitement mon père et, en fait, de toute coquetterie autre que celle d'être belle, intelligente et tendre. Je m'attendris peu à peu sur son compte ; l'attendrissement est un sentiment agréable et entraînant comme la musique militaire. On ne saurait me le reprocher.

Un beau matin, la femme de chambre, très excitée, m'apporta un mot d'Elsa, ainsi conçu : « Tout s'arrange, venez ! » Cela me donna une

impression de catastrophe : je déteste les dénouements. Enfin, je retrouvai Elsa sur la plage, le visage triomphant :

« Je viens de voir votre père, enfin, il y a une heure.

— Que vous a-t-il dit ?

— Il m'a dit qu'il regrettait infiniment ce qui s'était passé ; qu'il s'était conduit comme un goujat. C'est bien vrai... non ? »

Je crus devoir acquiescer.

« Puis il m'a fait des compliments comme lui seul sait en faire... Vous savez, ce ton un peu détaché, et d'une voix très basse, comme s'il souffrait de les faire... ce ton... »

Je l'arrachai aux délices de l'idylle :

« Pour en venir à quoi ?

— Eh bien, rien !... Enfin si, il m'a invitée à prendre le thé avec lui au village, pour lui montrer que je n'étais pas rancunière, et que j'étais large d'idées, évoluée, quoi ! »

Les idées de mon père sur l'évolution des jeunes femmes rousses faisaient ma joie.

« Pourquoi riez-vous ? Est-ce que je dois y aller ? »

Je faillis lui répondre que cela ne me regardait pas. Puis je me rendis compte qu'elle me tenait pour responsable du succès de ses manœuvres. A tort ou à raison, cela m'irrita.

Je me sentais traquée :

« Je ne sais pas, Elsa, cela dépend de vous ; ne me demandez pas toujours ce qu'il faut que vous fassiez, on croirait que c'est moi qui vous pousse à...

— Mais c'est vous, dit-elle, c'est grâce à vous, voyons... »

Son intonation admirative me faisait brusquement peur.

« Allez-y si vous voulez, mais ne me parlez plus de tout ça, par pitié !

— Mais... mais il faut bien le débarrasser de cette femme... Cécile ! »

Je m'enfuis. Que mon père fasse ce qu'il veut, qu'Anne se débrouille. J'avais d'ailleurs rendez-vous avec Cyril. Il me semblait que seul, l'amour me débarrasserait de cette peur anémiante que je ressentais.

Cyril me prit dans ses bras, sans un mot, m'emmena. Près de lui tout devenait facile, chargé de violence, de plaisir. Quelque temps après, étendue contre lui, sur ce torse doré, inondé de sueur, moi-même épuisée, perdue comme une naufragée, je lui dis que je me détestais. Je le lui dis en souriant, car je le pensais, mais sans douleur, avec une sorte de résignation agréable. Il ne me prit pas au sérieux.

« Peu importe. Je t'aime assez pour t'obliger à être de mon avis. Je t'aime, je t'aime tant. »

Le rythme de cette phrase me poursuivit pen

dant tout le repas : « Je t'aime, je t'aime tant. » C'est pourquoi, malgré mes efforts, je ne me souviens plus très bien de ce déjeuner. Anne avait une robe mauve comme les cernes sous ses yeux, comme ses yeux mêmes. Mon père riait, apparemment détendu : la situation s'arrangeait pour lui. Il annonça au dessert des courses à faire au village, dans l'après-midi. Je souris intérieurement. J'étais fatiguée, fataliste. Je n'avais qu'une seule envie : me baigner.

A quatre heures je descendis sur la plage. Je trouvai mon père sur la terrasse, comme il partait pour le village; je ne lui dis rien. Je ne lui recommandai même pas la prudence.

L'eau était douce et chaude. Anne ne vint pas, elle devait s'occuper de sa collection, dessiner dans sa chambre pendant que mon père faisait le joli cœur avec Elsa. Au bout de deux heures, comme le soleil ne me réchauffait plus, je remontai sur la terrasse, m'assis dans un fauteuil, ouvris un journal.

C'est alors qu'Anne apparut; elle venait du bois. Elle courait, mal d'ailleurs, maladroitement, les coudes au corps. J'eus l'impression subite, indécente, que c'était une vieille dame qui courait, qu'elle allait tomber. Je restai sidérée : elle disparut derrière la maison, vers le garage. Alors, je compris brusquement et me mis à courir, moi aussi, pour la rattraper.

Elle était déjà dans sa voiture, elle mettait le contact. J'arrivai en courant et m'abattis sur la portière.

« Anne, dis-je, Anne, ne partez pas, c'est une erreur, c'est ma faute, je vous expliquerai... »

Elle ne m'écoutait pas, ne me regardait pas, se penchait pour desserrer le frein :

« Anne, nous avons besoin de vous! »

Elle se redressa alors, décomposée. Elle pleurait. Alors je compris brusquement que je m'étais attaquée à un être vivant et sensible et non pas à une entité. Elle avait dû être une petite fille, un peu secrète, puis une adolescente, puis une femme. Elle avait quarante ans, elle était seule, elle aimait un homme et elle avait espéré être heureuse avec lui dix ans, vingt ans peut-être. Et moi... ce visage, ce visage, c'était mon œuvre. J'étais pétrifiée, je tremblais de tout mon corps contre la portière.

« Vous n'avez besoin de personne, murmura-t-elle, ni vous ni lui. »

Le moteur tournait. J'étais désespérée, elle ne pouvait partir ainsi :

« Pardonnez-moi, je vous en supplie...

— Vous pardonner quoi? »

Les larmes roulaient inlassablement sur son visage. Elle ne semblait pas s'en rendre compte, le visage immobile :

« Ma pauvre petite fille!... »

Elle posa une seconde sa main sur ma joue et partit. Je vis la voiture disparaître au coin de la maison. J'étais perdue, égarée... Tout avait été si vite. Et ce visage qu'elle avait, ce visage...

J'entendis des pas derrière moi : c'était mon père. Il avait pris le temps d'enlever le rouge à lèvres d'Elsa, de brosser les aiguilles de pins de son costume. Je me retournai, me jetai contre lui :

« Salaud, salaud! ».

Je me mis à sangloter.

« Mais que se passe-t-il? Est-ce qu'Anne...? Cécile, dis-moi, Cécile... »

CHAPITRE XI

Nous ne nous retrouvâmes qu'au dîner, tous deux anxieux de ce tête-à-tête si brusquement reconquis. Je n'avais absolument pas faim, lui non plus. Nous savions tous les deux qu'il était indispensable qu'Anne nous revînt. Pour ma part, je ne pourrais pas supporter longtemps le souvenir du visage bouleversé qu'elle m'avait montré avant de partir, ni l'idée de son chagrin et de mes responsabilités. J'avais oublié mes patientes manœuvres et mes plans si bien montés. Je me sentais complètement désaxée, sans rênes ni mors, et je voyais le même sentiment sur le visage de mon père.

« Crois-tu, dit-il, qu'elle nous ait abandonnés pour longtemps ?

— Elle est sûrement partie pour Paris, dis-je.

— Paris..., murmura mon père rêveusement.

— Nous ne la verrons peut-être plus... »

Il me regarda, désemparé et prit ma main à travers la table :

« Tu dois m'en vouloir terriblement. Je ne sais pas ce qui m'a pris... En rentrant dans le bois avec Elsa, elle... Enfin je l'ai embrassée et Anne a dû arriver à ce moment-là et... »

Je ne l'écoutais pas. Les deux personnages d'Elsa et de mon père enlacés dans l'ombre des pins m'apparaissaient vaudevillesques et sans consistance, je ne les voyais pas. La seule chose vivante et cruellement vivante de cette journée, c'était le visage d'Anne, ce dernier visage, marqué de douleur, ce visage trahi. Je pris une cigarette dans le paquet de mon père, l'allumai. Encore une chose qu'Anne ne tolérait pas : que l'on fumât au milieu du repas. Je souris à mon père :

« Je comprends très bien : ce n'est pas ta faute... Un moment de folie, comme on dit. Mais il faut qu'Anne nous pardonne, enfin “te” pardonne.

— Que faire ? » dit-il.

Il avait très mauvaise mine, il me fit pitié, je me fis pitié, à mon tour ; pourquoi Anne nous abandonnait-elle ainsi, nous faisait-elle souffrir pour une incartade, en somme ? N'avait-elle pas des devoirs envers nous ?

« Nous allons lui écrire, dis-je, et lui demander pardon.

— C'est une idée de génie », cria mon père.

Il trouvait enfin un moyen de sortir de cette

inaction pleine de remords où nous tournions depuis trois heures.

Sans finir de manger, nous repoussâmes la nappe et les couverts, mon père alla chercher une grosse lampe, des stylos, un encrier et son papier à lettres et nous nous installâmes l'un en face de l'autre, presque souriants, tant le retour d'Anne, par la grâce de cette mise en scène, nous semblait probable. Une chauve-souris vint décrire des courbes soyeuses devant la fenêtre. Mon père pencha la tête, commença d'écrire.

Je ne puis me rappeler sans un sentiment insupportable de dérision et de cruauté les lettres débordantes de bons sentiments que nous écrivîmes à Anne ce soir-là. Tous les deux sous la lampe, comme deux écoliers appliqués et maladroits, travaillant dans le silence à ce devoir impossible : « retrouver Anne ». Nous fîmes cependant deux chefs-d'œuvre du genre, pleins de bonnes excuses, de tendresse et de repentir. En finissant, j'étais à peu près persuadée qu'Anne n'y pourrait pas résister, que la réconciliation était imminente. Je voyais déjà la scène du pardon, pleine de pudeur et d'humour... Elle aurait lieu à Paris, dans notre salon, Anne entrerait et...

Le téléphone sonna. Il était dix heures. Nous échangeâmes un regard étonné, puis plein d'espoir : c'était Anne, elle téléphonait qu'elle nous pardonnait, qu'elle revenait. Mon père bondit vers l'appareil, cria « Allô » d'une voix joyeuse.

Puis il ne dit plus que « oui, oui ! où ça ? oui », d'une voix imperceptible. Je me levai à mon tour : la peur s'ébranlait en moi. Je regardais mon père et cette main qu'il passait sur son visage, d'un geste machinal. Enfin il raccrocha doucement et se tourna vers moi.

« Elle a eu un accident, dit-il. Sur la route de l'Esterel. Il leur a fallu du temps pour retrouver son adresse ! Ils ont téléphoné à Paris et là on leur a donné notre numéro d'ici. »

Il parlait machinalement, sur le même ton et je n'osais pas l'interrompre :

« L'accident a eu lieu à l'endroit le plus dangereux. Il y en a eu beaucoup à cet endroit, paraît-il. La voiture est tombée de cinquante mètres. Il eût été miraculeux qu'elle s'en tire. »

Du reste de cette nuit, je me souviens comme d'un cauchemar. La route surgissant sous les phares, le visage immobile de mon père, la porte de la clinique... Mon père ne voulut pas que je la revoie. J'étais assise dans la salle d'attente, sur une banquette, je regardais une lithographie représentant Venise. Je ne pensais à rien. Une infirmière me raconta que c'était le sixième accident à cet endroit depuis le début de l'été. Mon père ne revenait pas.

Alors je pensai que, par sa mort, — une fois de plus — Anne se distinguait de nous. Si nous nous étions suicidés — en admettant que nous en ayons le courage — mon père et moi, c'eût été d'une balle dans la tête en laissant une notice explicative destinée à troubler à jamais le sang et le sommeil des responsables. Mais Anne nous avait fait ce cadeau somptueux de nous laisser une énorme chance de croire à un accident : un endroit dangereux, l'instabilité de sa voiture. Ce cadeau que nous serions vite assez faibles pour accepter. Et d'ailleurs, si je parle de suicide aujourd'hui, c'est bien romanesque de ma part. Peut-on se suicider pour des êtres comme mon père et moi, des êtres qui n'ont besoin de personne, ni vivant ni mort ? Avec mon père d'ailleurs, nous n'avons jamais parlé que d'un accident.

Le lendemain nous rentrâmes à la maison vers trois heures de l'après-midi. Elsa et Cyril nous y attendaient, assis sur les marches de l'escalier. Ils se dressèrent devant nous comme deux personnages falots et oubliés : ni l'un ni l'autre n'avaient connu Anne ni ne l'avaient aimée. Ils étaient là, avec leurs petites histoires de cœur, le double appât de leur beauté, leur gêne. Cyril fit un pas vers moi et posa sa main sur mon bras. Je le regardai : je ne l'avais jamais aimé. Je l'avais trouvé bon et attirant ; j'avais aimé le plaisir qu'il me donnait ; mais je n'avais pas besoin de lui.

J'allais partir, quitter cette maison, ce garçon et cet été. Mon père était avec moi, il me prit le bras à son tour et nous rentrâmes dans la maison.

Dans la maison, il y avait la veste d'Anne, ses fleurs, sa chambre, son parfum. Mon père ferma les volets, prit une bouteille dans le Frigidaire et deux verres. C'était le seul remède à notre portée. Nos lettres d'excuses traînaient encore sur la table. Je les poussai de la main, elles voltigèrent sur le parquet. Mon père qui revenait vers moi, avec le verre rempli, hésita, puis évita de marcher dessus. Je trouvais tout ça symbolique et de mauvais goût. Je pris mon verre dans mes mains et l'avalai d'un trait. La pièce était dans une demi-obscurité, je voyais l'ombre de mon père devant la fenêtre. La mer battait sur la plage.

CHAPITRE XII

A Paris, il y eut l'enterrement par un beau soleil, la foule curieuse, le noir. Mon père et moi serrâmes les mains des vieilles parentes d'Anne. Je les regardai avec curiosité : elles seraient sûrement venues prendre le thé à la maison, une fois par an. On regardait mon père avec commisération : Webb avait dû répandre la nouvelle du mariage. Je vis Cyril qui me cherchait à la sortie. Je l'évitai. Le sentiment de rancune que j'éprouvais à son égard était parfaitement injustifié, mais je ne pouvais m'en défendre... Les gens autour de nous déploraient ce stupide et affreux événement et, comme j'avais encore quelques doutes sur le côté accidentel de cette mort, cela me faisait plaisir.

Dans la voiture, en revenant, mon père prit ma main et la serra dans la sienne. Je pensai : « Tu n'as plus que moi, je n'ai plus que toi, nous sommes seuls et malheureux », et pour la première fois, je pleurai. C'étaient des larmes assez agréables, elles ne ressemblaient en rien à ce vide, ce vide terrible que j'avais ressenti dans cette clinique devant la lithographie de Venise. Mon père me tendit son mouchoir, sans un mot, le visage ravagé.

Durant un mois, nous avons vécu tous les deux comme un veuf et une orpheline, dînant ensemble, déjeunant ensemble, ne sortant pas. Nous parlions un peu d'Anne parfois : « Tu te rappelles, le jour que… » Nous en parlions avec précaution, les yeux détournés, par crainte de nous faire mal ou que quelque chose, venant à se déclencher en l'un de nous, ne l'amène aux paroles irréparables. Ces prudences, ces douceurs réciproques eurent leur récompense. Nous pûmes bientôt parler d'Anne sur un ton normal, comme d'un être cher avec qui nous aurions été heureux, mais que Dieu avait rappelé à Lui. J'écris Dieu au lieu de hasard ; mais nous ne croyions pas en Dieu. Déjà bienheureux en cette circonstance de croire au hasard.

Puis un jour, chez une amie, je rencontrai un de ses cousins qui me plut et auquel je plus. Je sortis beaucoup avec lui durant une semaine avec la fréquence et l'imprudence des commencements de l'amour et mon père, peu fait pour la solitude, en fit autant avec une jeune femme assez ambitieuse. La vie recommença comme avant, comme il était prévu qu'elle recommencerait. Quand nous nous retrouvons, mon père et moi, nous rions ensemble, nous parlons de nos conquêtes. Il doit bien se douter que mes relations avec Philippe ne sont pas platoniques et je sais bien que sa nouvelle amie lui coûte fort cher. Mais nous sommes heureux. L'hiver touche à sa fin, nous ne relouerons pas la même villa, mais une autre, près de Juan-les-Pins.

Seulement quand je suis dans mon lit, à l'aube, avec le seul bruit des voitures dans Paris, ma mémoire parfois me trahit : l'été revient et tous ses souvenirs. Anne, Anne ! Je répète ce nom très bas et très longtemps dans le noir. Quelque chose monte alors en moi que j'accueille par son nom, les yeux fermés : Bonjour Tristesse.

Achevé d'imprimer en février 1995
sur les presses de l'Imprimerie Bussière
à Saint-Amand (Cher)

POCKET - 12, avenue d'Italie - 75627 Paris Cedex 13
Tél. : 44-16-05-00

— N° d'imp. 343. —
Dépôt légal : janvier 1991.

Imprimé en France